加藤 元

カスタード

実業之日本社

実業之日本社文庫

目次

第一章　おにぎり二個さん

考えたって仕方ないんだ。
そして、考えないようにした。
あたしが失くした大事なものの存在を。

つまらない、ぱっとしない、なにごとも起きない毎日は、今日まで。

明日はきっと、なにかが起こる。それまでのくすんだ鈍色《にびいろ》の日々をくつがえす、すごいできごとが待っている。

それから、毎日は色彩にあふれる。

間違いない。

そう思いながら、眠りにつくんだ。

毎日。

一

「貯《た》まりました」

言われて、あたしはぽかんとした。「え？」

「ポイント」

お弁当屋の女は、無表情のまま言った。

だいたい、この女はいつも愛想がない。今日、というか今、この瞬間、はじめてまじまじと顔を見てみた。毎朝、ここのお弁当屋へ来てお昼ごはんを買っているのに、この女のことをこれまでまったく観察したことがなかったのだ。

頭に白い三角巾、髪の毛は後ろでひとつに束ねている。エプロンも白い。化粧はしていない。色気がある姿とはいえない。小学校の給食当番みたい。

「ポイントです。カードにいっぱい、貯まりましたよ」

女は素っ気なく繰り返した。

何歳くらいなんだろう。あたしよりはずっと上に見える。三十歳くらい？　ちょっと前まで、このお店にいつもいたのは、じいさんだった。それが、この春先ぐらいから、じいさんはいなくなって、この女が店にいるようになっていた。理由は知らない。病気なのかな。味は変わらないし、それほど深く気にはならなかった。

でも、じいさんの方がましだったな。あのじいさんも妙に眼つきの悪いこわもてで、愛想はよくなかったけど、この女よりはよかった。

「はいよ、おつり、三十万円」

「なに？」

「三十円」

にこりともしないで、背筋が凍るような昭和の冗談を口にする。そんなときはほんのちょっと眼の奥が笑っていた。

へんなじいさんだ。

やっぱり病気なのかな。ひょっとしたら、死んじゃったのかな、あのじいさん。

「ポイント？」

そうだ、このお弁当屋、ポイントカードなんかあったんだっけ。お金と同時に、無意識のうちに出していた、らしい。

「貯まったら、なにか特典でもあるんですか」

ほら、そんなことさえ知らない。

「お好きな飲みものを一本、どうぞ」

女は表情を変えずに答えた。

飲みもの一本、か。あたしはわずかに失望する。そりゃ、こんな街の片隅の、個人経営の小さなお弁当屋で利用できるだけのポイントカードに、素晴らしい景品なんかつくわけないのだ。

その程度だと思いましたよ。

しかし、ねえ。

あたしは溜息《ためいき》を押し殺した。お弁当が並べられたガラスのショーケースの上に置かれた飲みもの専用の小型冷蔵ケース。中には緑茶とウーロン茶、あとは何とか天然水のペットボトルくらいしか入っていないんだよね。しかもどれも聞いたこともないような製造メーカーの商品。たぶん仕入れ価格が安いのだろう。おいしくなさそう。

それがわかっているから、あたしは飲みものならコンビニエンス・ストアで買うようにしているのだ。

「お好きな飲みもの、ねえ」

あたしはよほど途方に暮れたような声を出したらしい。

「ないですか」

女が言った。わかってくれたか。

「ですね」

「でしたら、こちらをどうぞ」

女は手のひらにおさまるくらいの小さな紙袋を差し出した。

「ポイントぶんの景品です」

「何ですか？」

「開けてからのお楽しみです」

女はすまし顔で言う。

「ありがとうございました」

けれど、真面目につくろった顔の下で、女はちょっと笑っていたようにも見えた。

じいさんが昭和ギャグを言ったときの表情に、少し似ていた。

あれほどごつくはないけれど、じいさんと女の面差しには共通するところがあるような気がする。

娘なのかな。孫娘かもしれない。

まあ、どうだっていいけどね。

お弁当屋で買ったおにぎり二つと景品の袋を無造作に帆布のトートバッグに投げ込むと、店を出て歩きはじめる。

五月の朝、八時五十分、薄曇り。風がちょっと肌寒い。

そして、今日もまた、代わり映えのしない一日がはじまる。

＊

あたしは、前島《まえじま》アカリ、二十二歳。

短大を卒業し、家具販売の会社に就職したのだけれど、八か月で辞めた。理由は、接客業に合わなかったから、かな。

会社のショールームや小売店に派遣されて、販売員として働いた。でも、あたしは、お客さんが苦手だった。

「いらっしゃいませ」

言った瞬間、心底思ってしまうのだ。

来やがった。うんざり。いらっしゃらないでいい。来るな。

そんな風に思いながら働いているんだから、商品は売れないし、お客さんからは「あの子、感じ悪い」とクレームの連続。上司からはあまり注意はされなかった。たぶん、新入社員に「辞めます」と言われるのが怖かったからなのだろう。しかしけっきょくあたしは言っちゃったわけだ。

「辞めます」

最後はさすがに厭味《いやみ》で返された。

「きみ、そもそもどうして販売業に就こうと考えたの？」

どうしてもこうしても、ない。学校を卒業したから、親の手前、就職してみせなければならなかった。いくつか受けた会社の中で、内定をくれたのが早かったのがこの会社で、本社は自宅から乗り換えなく電車一本で通える場所だった。

それだけ。

まあ、まさか、そうは言えなかった。

言えないまま、家具販売から撤退。一年ほど前からは、経理の会社でアルバイトをはじめた。契約顧客の月々の帳簿をつくる仕事。領収書やレシートを整理し、収支の金額をパソコン入力する。接客はない。そして、自宅から乗り換えなく電車一本で通える場所にある。

朝の九時出勤、五時退社。月曜日から金曜日まで働く。土日祝日、盆と正月はお休み。確定申告シーズンの二月三月以外には残業もない。入力仕事の手が空《あ》いたときは、ネットショップを覗《のぞ》いて遊んでいる。

営業の正社員は父親みたいなおじさんばかりだし、アルバイトの同僚も三十五歳で既婚、二人の子持ちのタナカさんと四十三歳独身のイトウさん。二人とも悪いひとじゃないけれど、年齢が違いすぎるし、話が合うってわけじゃない。

「今日も、坂の下のお弁当屋でおにぎりを買ったの?」

タナカさんに訊《き》かれる。

「そうです」

「あのお店、大昔は和菓子屋だったのよね」

イトウさんが首を傾《かし》げる。

「ケーキ屋さんみたいに見えますけど」

「ケーキ屋の前よ。和菓子屋だったの。何か、事件があって潰れたの」

「どんな事件?」

「詳しいことは忘れちゃった。でも、TVでニュースになっていた。けっこう猟奇的なやつだったよ」

タナカさんが身を乗り出した。

「てことは、殺人事件?」

「だったかな。とにかく、ひとは死んでいる事件」

ひとが死んでいる、猟奇的な事件か。まさかあの怖い顔のじいさんが犯人ってことはないだろうな。

「インターネットで検索すればわかるかな。調べてみよう」

話すとすれば、その程度の世間話。イトウさんとタナカさんは楽しそうでも、あたし的にはそれほど盛り上がらずに終わる。お弁当屋の前身の猟奇的な事件とやらも、あたしはいまだに知らないままである。

調べたっていいけど、調べるほどの興味もわかない。知ろうが知るまいが、あたしはあの店でおにぎりを買い続けるだけだろう。

「前島さんは、冷めているよね」

タナカさんには言われた。

「若い子って、みんな、そんな風なのかしらね」

だから、お昼休みは、会社内の休憩室で過ごすより、外の公園で過ごすことが多い。もっとも、休憩室でも、スマートフォンでゲームをしていれば、タナカさんもイトウさんも話しかけては来ないのだけれど。

土日の休日は、家でだらだら過ごしてしまうことが多い。高校のころの友だちや短大時代の同級生と会ったり遊んだりもするけれど、そんなに毎週ってわけではない。みんなそれぞれそれなりに忙しいみたいだし、あたし自身、あんまり頻繁にみんなに会いたいとも思わない。
毎日、何となく、時間が過ぎていく。

冷めている？
違う。退屈をしているだけ。
つまらないな。
仕事も、毎日も。
そうだ。こんな仕事、一生続けるわけじゃない。いつだって、辞めてもいい。
今は、ほかにやることがないから、やっているだけなのだ。この会社じゃなきゃ、
ここじゃなくてはお金が稼げないというわけじゃない。
どこでだって働ける、はず。接客は厭だけど、それ以外ならば。
そんな風に考えているうちに、あたしはこのまま年齢《とし》をとっていくのかな。
それは、厭だ。

お昼ごはんは、いつの間にか、あのお弁当屋で買うのが決まりになっていた。
お弁当屋を見つけたのは、アルバイトの面接に来た日だった。

地下鉄の出口を出て、最初の角を右に曲がると、坂の下に出る。会社は坂の上、お弁当屋は曲がり角から三軒めで、坂の上がり際に建っている。コンクリート建築のビルとビルの狭間《はざま》にある、木造の古い一戸建て。入口の上に薄黄色の庇《ひさし》が張り出していて、ガラスの扉は常に全開。お茶の冷蔵ケースと、お弁当とおにぎりが置かれているショーケースが歩道から見える。

ケーキ屋さんみたいだな。

それも、ひと昔前のケーキ屋さん。あのショーケース、ケーキ屋の什器《じゅうき》じゃないのかな。以前はケーキ屋だったお店をそのまんま強引にお弁当屋にしてしまった。そんな感じ。たぶん、間違っていない。

見た瞬間から気になっていた。だから、アルバイトに採用されて、初出勤の日から、あたしは迷わずこのお店に入ったのだ。

買うのはいつも同じ。鮭《さけ》のおにぎりとおかかのおにぎり。鮭はちゃんと焼いてほぐしたのがどかんと入っているし、おかかはごはんにみっちりまぶしてある。コンビニエンス・ストアで売っているおにぎりより、いくぶん大きめ。ごはんの味つけも、濃いめ。カロリーや塩分的にはよろしくない気もするけど、あたしは気に入ってしまった。じいさんはなかなかあたしの好みを押さえてくれていたのだ。

あのお弁当屋、そういえば、店の名前は知らないな。

気にしたこともなかった。


あたしは、なにがしたいのかな。

なにがしたかったのかな。

二

十二時半から昼休み。

あたしは、今日も会社の休憩室には行かず、外に出ることにした。

会社が入っている雑居ビルの裏手に、さほど大きくもない公園があるのだ。子供たちが遊べるような遊具はなく、ひょろっとした白木蓮《はくもくれん》の木と沈丁花《じんちょうげ》の植え込み、背もたれのないベンチがひとつあるだけの公園。たまに先客があるときもある（そのときはあきらめて会社へ引き返す）けれど、たいがいは誰もいない。いったい誰のためにあるのかわからない公園。

まさか、あたしの休憩時間のためにあるわけじゃないだろうけど、心の中ではあたしの場所になっている。だから稀《まれ》に先客がいると非常に腹が立つ。さいわい、今日は無人だった。五月にしては風がちょっと冷たすぎるせいかもしれない。空もどんより。朝よりも雲が厚くなって来ている感じ。

あたしはベンチに腰をかけて、トートバッグからおにぎりを取り出した。ひとつめはおかか。ラップを外してかぶりつく。

うまい。

お醤油《しょうゆ》とおかかの組み合わせは、それだけで神。

ペットボトルのお茶を飲んで、ふたつめの鮭にかかろうとしたとき、気がついた。

バッグの底にある、手のひらくらいの小さな紙袋。

何だっけ。

そうだ、お弁当屋のポイントの景品。

指先で探ってみる。ちょっと弾力があって、冷たい触り心地。中身は何だろう。

個別包装のジャムみたいな感じ。

お菓子かな。お菓子であって欲しいな。

紙袋を取り上げ、開けてみた。

「あ？」

へんな声が出た。

予想どおり、お菓子ではあった。

でも、あたしが期待した方向性のお菓子じゃなかった。ふつう、景品としてお菓子をもらうなら、クッキーとかマドレーヌとか、焼き菓子を想像するんじゃないだろうか。それも、ちょっと高級感のあるお菓子をだ。

「違った」

出てきたのは、駄菓子屋さんで売っていたような、蜜あんずだった。干しあんずを蜜にまぶしてあるやつが、ふた袋。

ずいぶん昔に食べたことがある。で、すっかり忘れていた。甘酸っぱくて、素朴。まあ、好きでも嫌いでもない味だ。

今日のデザートはこれか？

思った次の瞬間、強風がごうごう吹き寄せた。

寒い。

こんなの食べたら、おなかが冷えそう。要らないな。

でも、棄《す》てるのはもったいない。それに、懐かしい。

懐かしい？

そうだ。

このお菓子、懐かしい誰かが、とても好きだったのだ。

駄菓子屋さんへ行くたび、その子はいつもこのお菓子を買って、食べていた。

「チョコレートやクッキーよりも、わたしはあんずが好き」

そう言っていた。あたしは笑ったんだ。

「変わった趣味だねえ」

誰だったかな？

ふたつめのおにぎりより先に、あたしはあんずの袋を開けていた。そして、中身を口に含んだ。

酸っぱい。

この味。

思い出した。

めいちゃんだ。

＊

ずうっと昔。

小学生のころだ。

あたしは、めいちゃんと仲が良かった。

三年生のとき、あたしのクラスに転入してきた、津島《つしま》めいちゃん。きっかけは忘れたけれど、すぐに誰よりも親しくなった。四年五年六年と、ずっと同じクラスだった。家が同じ町内だから、登校班も一緒で、帰り道も一緒。そして家に帰ったらすぐにめいちゃんのおうちへ遊びに行った。

めいちゃんちは、おとうさんがいなかった。

「離婚したんだよね、うち」

めいちゃんは、こともなげに語っていた。

「ふうん」

あたしとしては、無難に受け流すしかない。

「パパがすぐ怒るひとでね。ちょっとでも気に入らないことをすると、ママもわたしもすぐ殴られる」

うわあ、重い。

「蹴りも入る」

うわあ、重すぎる。

さすがに動揺しつつも、あたしは無難を装うしかない。

「ふ、ふうん」

「で、このままじゃいけないって、ママが決めてね。真夜中に、住んでいたマンションから脱出したんだ。パパが寝ているのを起こさないように、そーっと音を立てないように注意しながら玄関を出た。住んでいたのは十階だったんだけど、エレベーターが上がって来るのを待つあいだ、心臓がどきどきしたな。荷物なんてスポーツバッグひとつよ。次の日の着替えくらいしか入れていなかった。電車なんかない時間だから、国道沿いをずっと歩いて、ようやく見つけたタクシーを捕まえて、おばあちゃんちに逃げ込んだの」

「へええ」

「で、それから離婚調停。ママが殴られたとき、医者から診断書をもらっておいたから、離婚そのものはすんなり成立したんだけどね。パパはわたしの養育費はぜったいに払わない、って突っぱねた。それでママもフルタイムで働くしかなくなったの」

「でも、おばあちゃんのお店があるでしょう?」

めいちゃんのおばあちゃんは、パン屋さんを経営していたのだ。

「パン屋の稼ぎだけじゃ、とうてい暮らしていけないもの」

めいちゃんは渋い顔をした。

「早くわたしも働けるようになればいいんだけどね」

パン屋さん、といっても、そのお店でパンを焼くわけじゃなくて、何というか、加工して売る店。薄切りの食パンにハムやポテトサラダ、ゆでたまごをつぶしてマヨネーズであえたものをはさんでサンドイッチを作ったり、コッペパンにいちごジャムやピーナッツバターをたっぷり塗ったりしたものを売っていた。お昼ごはんや軽食には手ごろだからか、近所ではけっこうな人気店だったみたいだ。

遊びに行くと、おやつで必ずジャムパンやピーナッツバターパンをもらえたから、あたしにとってめいちゃんちはよけいに魅力的だった。

それなのに、あんまり儲《もう》からないのかな。

「一個が百五十円とか、せいぜい二百円。売れるといったって数は知れているし、利益は薄いんだよ」

背がすらりと高く、さらさらの髪はいつもショートカット。きりりとした眉と、切れ長の眼《め》を持つめいちゃん。

めいちゃんは、あたしより、はるかに大人だった。

「ママは彼氏がいるんだけど、結婚は二度としたくないんだって」

「ほおお」

「パパだって結婚する前は殴ったりなんかしない、やさしい男性だったんだって。なのに結婚して子供、つまりわたしができたら変わっちゃったんだってさ。すぐに怒鳴るし物を投げるし、手を上げるわ蹴りをくれるわ。わたしはそんなパパしか知らない。やさしかった時代があったなんて信じられないんだけどね」

「どうしてそんな風に変わっちゃったの」

「わからない。パパとは家族になってはいけなかったのかもしれないって、ママは言っている」

「どういう意味？」

「他人同士の関係でいた方がよかったってこと」

あたしは混乱した。

「わからないなあ」

「わたしはちょっとわかるんだよ。家族って遠慮がないじゃない」

「遠慮がないからいいんじゃないの？　気を遣わなくていい」

「それ」

めいちゃんの眼が鋭く光る。

「それだよ。いくら家族だって、お互いに気は遣うべきなんだ。思ったことをみんな言っちゃったら、喧嘩《けんか》になっちゃうもの」

「そうだけど」

しょっちゅうだ、うちは。

「喧嘩になれば、強いひとが勝つよ。強いひとは、気に入らないことを我慢しない。言いたい放題やりたい放題。で、パパみたいになるんじゃないの」

あたしは納得するしかなかった。

「そうかも」

かなり事情《わけ》ありのご家庭。でも、めいちゃんはさばさばしていた。大人たちが抱えた問題も、それが自分に及ぼした結果も、さらりと話していた。

めいちゃんは、オトナだなあ。

あたしは常々思い、尊敬の念を抱いていた。あたしが同じ境遇だったら、もっとぐちゃぐちゃしてしまうことだろう。

パパを許せない。そんなパパと結婚しちゃったママも悪い。そんな風に考えて、いつも怒って落ち込んで、ぐるぐるぐるぐる、厭なもやもやから抜け出せないかもしれない。きっと、めいちゃんみたいに冷静ではいられない。

「だからうちにはルールがあるの。言いたいことを言い過ぎない」

「できるの？」

「できてない」めいちゃんは即答した。「おばあちゃんもママも、言いたいことばかり言い合っている。うるさいよ」

あたしはちょびっと安心する。

「だよね」

「でも、おばあちゃんとママは、それでもお互い、ずいぶん言いたいことは言わないようにしているんだって。あれでねえ、って思うけどさ」

めいちゃんは皮肉に笑ってから、ふと口もとを引き締めた。

「おばあちゃんもおじいちゃんと離婚しているからね。遺伝なのかも。離婚遺伝子がＤＮＡに組み込まれているのかも」

「遺伝?」あたしはびっくりする。「離婚が遺伝子?」

「そう」めいちゃんは真顔だった。「わたし、はじめから結婚はしない方がいいと思っている。どうせ離婚するよ」

「どうかなあ」

それを言っちゃうのは、ちょっと気が早すぎるんじゃないか。あたしはさすがに思った。でも、口には出せなかった。遺伝子とまで言われてはねえ。反証は難しい。

めいちゃんは、そのあたり、けっこう本気に見えた。

「男子は嫌い」

ことあるごとに、そう言ってはばからなかった。

「馬鹿で乱暴で、思いやりがない。だから、嫌い」

「そうかなあ」

正直なところ、あたしは嫌いじゃなかった。そりゃ、馬鹿で乱暴で、すぐに「ブス」とか罵《ののし》って来る思いやりなどかけらもない野郎は嫌いだったけれど、そうでもない子もいたし、本当のところ、好きな男の子もいた。

「村田《むらた》くん、やさしいじゃない?」

あたしは言ってみた。そう、あたしは村田くんが好きだったのだ。しかしめいちゃんはふん、と鼻を鳴らした。

「村田だって、どうせ家へ帰ればママにわがままを言うだけ言って、思いどおりにならないことがあるとわめき出して暴れているよ」

「そ、そうなのかなあ」

あたしは反論できなかった。確かにうちの弟もわがままだし、そんな感じ。いや、それを言うなら、あたしだっていくらかそんな感じ。

「男には用心するに越したことはない」

つまり、めいちゃんは苦労したぶん、あたしよりずっとませていたのだ。あたしはめいちゃんのそんなところも好きだった。

オトナだよなあ、めいちゃん。

めいちゃんは、将来のことも、ちゃんと考えていた。

「おばあちゃんのお店を継《つ》ぎたい」

言いきっていた。

「わたしの代で、お店をもっと大きくしたい。建物を改築して、パンも自前で焼けるようにする」

野望も膨らませていた。

「すごいね」

あたしは感心するばかり。自分の将来なんて、なにも考えていなかった。なりたい職業は、学校の先生だったり、パティシエだったり、マンガの影響やテレビ番組の情報でころころ変わった。

あたしは、めいちゃんが好きだった。めいちゃんと友だちで、いつも一緒にいられて、嬉《うれ》しかった。

中学生のころまで、ずっとそうだった。

なのに、中学一年のとき、それが終わった。

*

あたしは、めいちゃんちには、足を向けなくなった。

ときどき噂《うわさ》は聞こえていた。
六、七年前、めいちゃんのおばあちゃんが体調を崩したことも、お店を閉めたことも、知っている。
めいちゃんはどうしたのだろう。

跡を継ぎたいと言っていためいちゃん。

でも、それはもう、あたしには関係のない話だった。

三

考えたって、仕方がない。
いつからか、あたしはそう思うのが癖になった。
考えたって仕方ないんだ。
そして、考えないようにした。
あたしが失《な》くした大事なものの存在を。

＊

酸っぱい。
舌の上だけじゃなく、胸の奥まで酸っぱい。

また、突風が吹いてきて、寒さであたしは我に返った。

バッグの中からスマートフォンを出してみる。鮭のおにぎりはまだ手つかずなのに、休み時間は、もう五分も残っていなかった

いけない。

ベンチから立ち上がり、あたしは会社へ向かって足をはやめた。

バッグの底に残った鮭のおにぎりと、ひと袋の蜜あんず。

会社へ帰って、デスクに座って、パソコンの画面を見つめていても、心はずっと過去を追いかけていた。

あたしは、めいちゃんを、失った。

めいちゃんとあたしは、小学校を卒業し、同じ中学校に入学した。めいちゃんは五組、あたしは三組と、クラスは分かれてしまったけれど、朝は一緒に登校し、授業が終われば下駄箱《げたばこ》の前で待ち合せて、一緒に帰った。帰ってからはめいちゃんちへ遊びに行った。それまでと変わらなかった。変わらず仲良しだった。

ただ、めいちゃんには、五組で新たに仲のいい友だちができたのだ。

ナカガワフミカさん、という、髪の長い、顔立ちのはっきりした女の子。

帰りぎわ、あたしが待っていると、めいちゃんは必ずナカガワさんと楽しそうに話しながらやって来るようになった。そして、名残《なご》り惜し気《げ》に手を振りかわす。

「ばいばい」

「またね」

正直なところ、あたしは心穏やかではなかった。

「ナカガワさんも一緒に帰ってもいい？」

いつ、そんなことを言われるか。言われたらどうしようか。

さいわい、ナカガワさんの家は、めいちゃんやあたしの住む場所とはまるで違う方向で、遠かった。

あたしにも、クラスで友だちはできた。いちばんよく話すようになったのは、ミシマユウカちゃん、渾名《あだな》はミッシー。でも、当たり前だけど、めいちゃんほどの親しみは感じない。話をしていても、楽しいよりはまだまだよそよそしい。

でも、めいちゃんとナカガワさんは、ずいぶん気が合っているみたいだ。

「ナカガワさんはね」

めいちゃんは、なにかにつけて、ナカガワさんの話題を口にするようになっていた。

「今日、ナカガワさんと話したんだけどね。あの子のおうちも、ご両親は離婚しているんだって」

「へえ」

あたしは生返事をする。どうでもいい。

「おとうさんが暴れて、おかあさんと家出したんだって」めいちゃんは、あたしの反応を気にしていないみたいに、続ける。

「わたしと似ている」

「そうかな」

「とにかく話が合うんだ」

あたしの胸はざわざわと波だった。似てなんかいない。両親が離婚している家庭なんか、ほかにいくらでもいるじゃないか。あたしにはパパもママも弟もいるけれど、それでもめいちゃんとあたしとは、誰より話が合っていたじゃないか。

不安。

今ならわかる。

あたしは、嫉妬していたのだ。

めいちゃんをナカガワさんに奪われると思って、苦しかった。

「アカリちゃんって、五組の津島さんと仲がいいんだよね？」

ある日、ミッシーが、意味ありげに訊いてきた。

「いつも帰りは一緒だもんね？」

あたしは頷《うなず》いた。

「五組の子に聞いたんだけど、津島さんって、みんなから嫌われているらしいよ」

あたしは、なにも言わなかった。

「津島さんとナカガワさん、いつもべったりつるんでいるみたいなんだけど、二人とも凄《すご》い変な子なんだってね」

違う。

あたしは思った。

ナカガワさんはどうか知らないけど、めいちゃんは変じゃない。

変わっているところはあるかもしれないけれど、あたしはそこが好きなんだ。

「クラスでは誰からも相手にされていないみたいだよ、あの二人」

だからどうした？

あたしはミッシーに言うべきだったのだ。

五組でなにが起きていようが、めいちゃんは、あたしの友だちだ。クラスに居場所がないなら、なおさらあたしはめいちゃんの傍《そば》にいなければならないじゃないか。

「もっとも、津島さんとナカガワさんは、二人だけの世界で楽しいみたい。それでよけい浮いちゃっている。あの子たちには近づかない方がいいってみんなに言われているらしいよ」

みんな、みんな、みんな。

みんなって、どこのどいつだ。

「津島さんには、あんまり関わらない方がいいんじゃないかなあ」

みんながどうほざこうが、あたしは、めいちゃんの味方だ。

なにを言っているんだ。大きなお世話だよ。

めいちゃんは、あたしの友だちだ。

今、あの瞬間に戻れるなら、ぜったいに言うのに。

めいちゃんは、あたしの、大事な友だちだ。

だけど、あたしはあのとき、そう言わなかったのだ。

「そうなんだ」

ミッシーに向かって、こう言ったのだ。

「教えてくれてありがとう」

あろうことか、お礼まで口にした。

そして、その日の帰り道、別れ際に、めいちゃんに言ったのだ。

「明日から、別々に帰ろう」

めいちゃんは、びっくりしていた。

「どうして？」

「どうしてって、クラスも別だしさ。あたしにもほかにいろいろつき合いができちゃったし、めいちゃんだってそうでしょう？」

皮肉を込めていた。あたしはナカガワさんにこだわっていたのだ。ミッシーが言っていた「二人だけの世界で楽しい」という言葉が胸でぐるぐる渦を巻いていた。

「わたしは」

めいちゃんは戸惑っているようだった。困ったような顔をしていた。

「今までのままでいいんだけどな」

「あたしは、違うの」

めいちゃんに向かって、あたしは突き刺すように言った。

「あたしは、今までのままではいたくないの。あたしとめいちゃんは、違うの。似てなんかいないの」

自分でもわけのわからない言いがかりをつけている。知っている。だが、あたしは言葉を止めなかった。止められなかった。

「だから、もう、一緒には帰らない」

言った瞬間、あたしはもしかしたら、心のどこかで期待していたのかもしれない。そんなこと言わないで、これまでどおり一緒に帰ろうよ。と、めいちゃんが、あたしにすがりつくこと。

だけど、めいちゃんは、そんなことは言わなかった。

「そう思うの？」

眼のふちを、ほんの少し赤く染めて、めいちゃんはこう言った。

「よく、わかった」

それで、終わり。

めいちゃんとあたしの友情は、終わった。

四

午後五時、退勤。

あたしは、ひどく空腹だった。それはそうだろう。お昼ごはんはおにぎり一個とあんずだけ。鮭のおにぎりは、まだバッグの底にある。

おなかが空《す》いた。

でも、お昼の残りの冷たいおにぎりを食べるのも、気が進まないな。

会社のビルを出て、いつものように坂道を下りようとして、あたしは足を止めた。たまには、別のルートで帰るのもいいな。おなかも空いているし、なにか買って食べたい。会社から、坂を下りずに大通りに沿って十五分ほど歩けば、ＪＲの駅がある。そっちから帰ることにしよう。その路線で帰ると、家の最寄《もよ》り駅までに一回乗り換えなければならないけど、仕方がない。

なにがいいかな。コンビニエンス・ストアじゃ芸がないし。

ぼんやり考えながら、歩いた。風がますます冷たくなっていて、昼間より雲も厚くなって来たみたいだ。

ふんわりと、焼きたてのパンの匂い。

あたしは立ち止まった。

茶色いタイルの外装のビルの一階に、ガラスのウインドウ。明るく暖かそうな店内。こんなところにパン屋さんがあったんだ。

匂いに誘い込まれるように、あたしは店の扉を押していた。

「いらっしゃいませ」

店の奥から声をかけられた。

反射的にそちらへ眼をやって、あたしは息を呑《の》んだ。

めいちゃん。

こんなことって、あるのだろうか。

ついさっきまで思い出していた、めいちゃん。

めいちゃんが、まさか、ここにいるなんて。

あたしは身を翻した。入って来た扉を開けて、外へ出ようとした。

「アカリちゃん」

＊

もう一緒には帰らない、と宣言したあの日から、二年ほど後だっただろうか。あたしは一回だけ、めいちゃんに話しかけたことがあった。

めいちゃんのおばあちゃんが病気で倒れ、入院したことを耳にしたときだ。パン屋さんも休業になっていた。

めいちゃんと離れてから、あたしはずっと悔やんでいた。どんな友だちといても、心の底から笑えたことはなかった。ミッシーとだって、二年生になって別のクラスになってからは、ぜんぜん喋《しゃべ》らないようになっていたのだ。淡い友情だった。そんな淡い友情のために、あたしはめいちゃんと切れてしまったのだ。

違う。ミッシーのせいではない。あたしが悪いのだ。

めいちゃんは、ナカガワさんとまだ仲がいいみたいだ。たまに姿を見かけても、あたしは気がつかないふりをしていた。ナカガワさんじゃない子と一緒のことだってあった。一年五組のときの「みんな」がどうであろうと、めいちゃんはちゃんと新しい関係を築きながら生きていた。

いつだって、めいちゃんの存在が胸のあたりを重くふさいでいた。考えないように、見ないようにしてやり過ごして、毎日を送っていた。

仲直りしたいと思っていたのだ。

だから、その日、めいちゃんちの前で、あたしは待っていた。めいちゃんは毎日おばあちゃんのお見舞いに通っていたから、帰宅が夕方遅くになるのも、近所の噂で知っていたのだ。

めいちゃんは、大きな紙袋と通学用の鞄《かばん》を下げて、学生服のまま帰って来た。

「めいちゃん」

眼が合った。

めいちゃんは、表情を変えなかった。眉も眼も頬も唇も、少しも動かなかった。

あたしは、次の言葉が出なくなった。

おばあちゃん、入院しているんだってね。大丈夫？ 言いたい。なのに、咽喉《のど》の奥が凍りついたようで、声が出せない。

めいちゃんは、あたしを許していない。

そのことが、めいちゃんの反応で、はっきりわかってしまったからだ。

あたしは、めいちゃんから視線を外して、急ぎ足でその場から逃げ去った。

許されないんだと、あたしは思った。

＊

「アカリちゃんでしょう？」

信じられない。

「すごい。ひさしぶり。元気だった？」

めいちゃんが、満面の笑みで、あたしの前に立っている。

「何年ぶりかな。中学以来だよね」

そう、六年か、七年かになる。

「今、お勤めの帰り？」

あたしは頷いた。

「わたしね、このお店で働いてるんだ」

緑のエプロン姿のめいちゃんは、照れたように続けた。

「うちのおばあちゃん、躰《からだ》を壊してね。お店を閉めちゃったでしょう?」

知っているよ。心配していた。

「いつかわたしがまたお店を再開するの。そのために働いて勉強しているところ」

ああ、そうなんだ。

めいちゃんは、変わっていない。しっかりしている。まるきりぶれていない。

「アカリちゃんは、なにをしているの?」

あたし?

あたしはなにをしているんだろう? 答えられない。自分でもわからない。

「あのね」

めいちゃんが、眼を伏せた。

「ずっと言いたかったんだ。あのときは、ごめんね」

あのとき?

「いつか、うちの前で待っていてくれたでしょう? あのとき、冷たい態度を取っちゃって、アカリちゃんすぐに帰っちゃったよね」

めいちゃんは、ぽつりぽつりと、言葉を吐き出す。

「本当は嬉しかったし、呼び止めたかった。仲直りしたかった」

あたしの胸に暖かいものがひろがっていく。

同じだったんだ、めいちゃんも。

「意地を張っていた。そのこと、ずうっと気になっていて、謝りたいと思っていたんだ。ごめんね」

鼻の奥がつんと痛くなる。やばい、泣きそう。あたしはおなかにぐっと力を入れて、こらえる。

ごめんね。

そのひと言を告げなければならないのは、あたしの方だ。

ひとつだけ確かなのは、めいちゃんはやっぱり、あたしよりずっと大人だってこと。

「あ」

あたしは、思い出した。

バッグの底から、取り出した蜜あんず。

「あげる」

めいちゃんが、眼をまるくした。

「どうしたの、これ」

ぱっと笑った。

「あんず、ひさしぶりに見たよ。最近はあんまり売っているの、見かけなくてさ」

そう、昔よく行っていた駄菓子屋さん、なくなっちゃったもんね。

「あの店がなくなってからは、ずいぶんご無沙汰していた。大好きなんだよ、このお菓子」

うん、覚えていた。

「覚えていてくれたんだ」

めいちゃんはやさしく微笑した。

「ありがとう」

それから、あたしの手をとって、店の中心へと引き戻した。

「あんずのお礼に、好きなパンを選んでいってよ。おごるよ」

あたしは慌てる。

いや、いいよ。そのあんず、お弁当屋の景品だし。

めいちゃんは楽しそうに笑った。

「うちのお店のパン、おいしいよ。カレーパンとソーセージパンが人気。食パンもコッペパンもいけるよ」

わかった。

今度から、あのお弁当屋さんじゃなく、このお店で昼ごはんを買ってもいいかな。

いや、あのお弁当屋さんのおかげで、めいちゃんと会えたようなものなのに、裏切るみたいで悪いかな。

＊

胸につかえていた大きな塊が、融《と》けた。そんな気がした。


あたし、明日から、少しは変われるかもしれない。

つまらない職場だけど、アルバイトだけれど、多少は気合いを入れて働こう。そうすれば、めいちゃんにも堂々と言えるはずだ。

アルバイトだけど、頑張って働いているよ、と。

あたしは、めいちゃんに対して、恥ずかしい人間ではありたくない。

おかしいかな。

ううん、おかしくないよね。

一度は失ったと思った、大事な存在を、あたしはふたたび取り戻すことができたのだ。もう二度と失いたくはない。

大事にしたい。

＊

つまらない、ぱっとしない、なにごとも起きない毎日は、今日まで。

明日はきっと、なにかが起こる。それまでのくすんだ鈍色の日々をくつがえす、すごいできごとが待っている。

それから、毎日は色彩にあふれる。

間違いない。

そう思いながら、眠りにつく。

これまでは、毎日、そう思って来た。期待しては、裏切られて、同じ望みを抱いて眠った。

たぶん、それは、今夜が最後になる。

きっと。
明日は変わる、あたし、本当に。

第二章　からあげさん

あのひとは、ぼくのことなら、
いつだって、何だって知っているのだ。

一

五月の朝。
いつもと同じ朝。

住んでいるアパートの近くのお弁当屋で、ぼくはいつものからあげ弁当を買う。そう、今のところ、からあげ弁当にハマっているのだ。昼ごはんはずっとこれ。月曜日から金曜日まで、会社へ出勤するときに買っていく。お弁当屋が休みの土日は寂しい。仕方がないからスーパーマーケットの弁当を買うのだけれど、そのときはさすがにからあげ弁当にはしない。

ひとつ四百円。からあげは五個も入っていて、副菜のポテトサラダもみっしり。ごはんもぱんぱんに詰まっていて、この値段は安いと思う。だからぼくはいつもこのからあげ弁当と決めている。

飽きないのか、って？　飽きないんだ、なぜか。

昔からぼくは、これ、と決めたらひとつのものばかり食べ続けて飽きない人間なのだ。そりゃ、いつかは「飽きたな」となる日も来るだろう。それも、唐突に来るかもしれない。しかし今のところはからあげ弁当ひと筋だ。昼になって空腹が増すと「よし、からあげの時間だ、ポテトサラダの時間だ」と、脳が、口が、舌が、胃袋が、この店のからあげ弁当をもの狂おしく欲するのだから仕方があるまい。

自覚はある。ぼくは、しつこい性格なのだろう。

下味は、奥の方にほんのりしょうがとにんにくが効いた醤油。冷めてもかりっとした衣。かぶりつくと口じゅうに油と脂のマリアージュ。ああ、たまらない。

そして、耳の底から、ひとつの声がぼくに囁《ささや》く。

――お肉ばかり食べていては駄目よ。野菜も食べなくちゃ。

ああ、食べているとも、ポテトサラダをね。

――じゃがいもだけじゃいけません。青い野菜を採りなさい。

ちゃんときゅうりだって入ってるよ。それから、たまねぎもほんの少し。

――それじゃ足りません。先週、宅配便でいろいろ送ってあげたでしょう？　買い食いや外食だけじゃ、どうしても栄養が偏《かたよ》るよ。送ってあげたお惣菜《そうざい》、ちゃんと食べている?

食べているよ。

——嘘《うそ》でしょう?

うん、嘘。冷蔵庫に入れっぱなし。たぶんもう腐りかけ。またまとめて月曜日に生ごみに出しちゃうと思う。

——そんなことでしょう。知っていたよ。

だよね。

あのひとは、ぼくのことなら、いつだって、何だって知っているのだ。

＊

「ポイントカード、今日でいっぱいですよ」

いつもと同じ朝。

いつものように、ぼくはからあげ弁当を買った。そして、持参したマチの広いシヨッピングバッグに入れる。しかし、お店の従業員の言葉は、いつもと同じじゃなかった。

四百円です。ありがとうございました。

いつもと同じ言葉のあとに、続きがあったのだ。

「ポイント？」

すぐには意味が飲み込めずに、ぼくは訊き返していた。

「ポイントです」

お店の従業員の女性はカードを指さしてみせた。

「貯まりましたよ」

「おや？」

そうか、このお店って、ポイントカードがあったんだっけ。すっかり忘れていた。いかにも旧式な、会計のたびスタンプをぽんぽん押す紙のカード。忘れていながら、会計のたび無意識にお金と同時にカードを出していたわけだ。

いや、確か、二度か三度、違う店の違うカードを出しちゃったことがあったな、この店で。で、これは違いますよと指摘されて、財布の中のカードの位置を変えた記憶がある。でも、どれだけポイントが貯まったかなんて、一度も確認したことがなかった。

「貯まったんですか」

「はい」

ぼくは従業員の女性の顔をまじまじと見た。

ちょっと前まで、この店にはじいさんしかいなかった。細い眼が吊《つ》り上がっていて、四角い顎をした、こわもてのじいさんだ。お金を払うと、「おつり、百万円です」と聞こえないふりをするしかない冗談を真顔で言う、おかしなじいさんだった。いつからか、この女性が手伝いに入るようになって、春先からはこの女性ひとりになったのだ。そうそう、ポイントカードができたのも、この女性が働き出してからではなかったかな。よく覚えてはいないけど、確かそうだった。

詳しくは知らないが、じいさんは病気療養中らしい。って、どうしてぼくがそのことを知っているのか、その記憶も曖昧《あいまい》なのだが、店のご主人はどうかなさったんですかと、この女性に訊いてみたんじゃないかなあ。死なれたら困る。ぼくとしては、からあげ弁当が心配だった。味が極端に変わったら、ちょっと、いやかなり厭《いや》だもの。

さいわい、じいさんの調理法は、この女性にきちんと引き継がれていた。

難をいえば、からあげの衣がほんの少しもったりしていて、硬いかな。それから、ポテトサラダのマヨネーズが濃い。じゃがいもの潰し具合も、なめらか過ぎる。じいさんの場合、じゃがいものかけらがごろごろ残っていて、そこがアクセントになっていたりするんだ。でも、それ以外は、ほぼ同じだった。

「ポイントが貯まると、なにかもらえるんですか」

女性の顔を見つめながら、ぼくは訊いた。こんな風にゆっくり彼女を観察するのは、はじめてだ。いつもなら、四百円です、ありがとうございましたのやりとりだけ。最小限の接触しかしてこなかった。

わりに若いんだな。

もっと年齢が行っているように思っていたけれど、ぼくよりひとつふたつ齢上《としうえ》くらいかな。もしかしたら、同じ年齢か、下だったりするかも。化粧っ気がないせいか、涼しい眼もともぽってりした唇もまるい顎も、幼くさえ見える。いつもうつむきがちで、愛想がいいともいえず、声も低めだったから、けっこうおばさんかと思っていた。

相手が若いとなると、ぼくはいくぶん心配になる。

ポイントが貯まると、なにかもらえるんですか。

この質問、さもしいかな。物欲しげな野郎だと思われやしないだろうか。

「そこの」

女性は脇に置かれた冷蔵ケースを指さした。

「飲みものが一本、自由に選べます」

「ああ、そうですか」

自分ではっきりわかるほど、ぼくの声には落胆がにじみ出ていた。

嬉しくない。かなり嬉しくない。はっきり言って、失望。落胆。一個百五十円のおにぎりと、三百円から四百五十円までのお弁当を並べている、このお店のポイントならその程度が妥当かもしれないけれど、それにしても嬉しくない。

「じゃ、一本もらっておきます」

歩き出そうとするぼくを、女性の声が止めた。

「こちらもどうぞ」

小さな紙袋を手渡された。

「何ですか」

「お店からのおまけです」

「おまけ？」

「はい」

「何ですか？」

袋は薄い。中身はカードか絵ハガキか。そんなものだろう。やっぱり嬉しくない。

「開けてからのお楽しみです」

女性の無表情が、少しだけ動いた。

おやおや？

声が出そうになった。彼女、ほんのちょっぴり笑った、ように見えたのだ。微笑《ほほえ》みまじりの善意で差し出されたものを、要《い》りませんよと突き返すわけにもいかない。

「ありがとうございます」

ぼくは言った。

「ありがとうございました」

彼女も返した。

ぼくは店を出て、地下鉄の駅へと向かった。

朝の混んだ電車で、弁当を持ち運ぶ。

弁当の入ったショッピングバッグを、ぶらぶら下げておくのは邪魔になるから、胸の前で抱え込むように持つ。けっこう、いや、かなり大変だ。

それでもぼくが会社じゃなく、住んでいるアパートの近くのこの店で弁当を買ってしまうのは、うまいからだ。

そのうえ、安くて、量がある。

ポイントの見返りがしょぼいくらいで、失望してはいけない。

ぼくは、あの店がなければ、生きていけない。

大げさかな。

＊

ぼくの名前は、大杉新之輔《おおすぎしんのすけ》。二十三歳。

去年の春、大学の建築学科を卒業して、とある設計事務所に就職した。在学中から修業がてらアルバイトをしていた事務所で、そのまま正社員となったのだ。お弁当屋の近くのアパートでひとり暮らしをはじめたのも、そのときである。実家は埼玉の奥の方で、会社は都心部。近いとはいえないが、通勤できない距離ではなかったし、給料だって安い。生活するだけでいっぱいいっぱいで、遊ぶ余裕もなくなるだろう。わかってはいたのだ。しかし、無理をしてでも自活することに決めた。

——もうしばらく家にいて、いくらか貯金をしてから自立した方がいいんじゃないの?

言われはしたし、それが正解なのだろう。しかし、正解なだけに、素直には聞き入れられなくもあった。

ぼくとしては、実家を出てみたかった。

ひとりでやっていける、ぼくはもう子供じゃない。ひとりの大人なのだ。いつまでも親もとでぬくぬく甘えて暮らしていたくはない。

そのことを、ぼくは、証明したかった。

誰に?

二

五月の夕方、午後七時。

日は暮れて、すっかり疲れ果て、ぼくはアパートに戻って来る。今、うちの事務所はわりと暇だから、これでも早い方なのだ。仕事が立て込むと、残業に次ぐ残業が当たり前となる。帰りは終電なんてことはざらだ。

しかし、忙しくないとはいえ、疲れることは疲れる。

ぼくはまだまだ見習いだから、お客さんからの注文をじかに受けて設計をすることはない。事務所の所長が考えた図面をもとにパースを描く作業をしている。それが難物なのである。なかなか「よし」と言われるものはできない。修正に次ぐ修正。パソコンの前で泣きたくなる。絵を描くのは好きだし、間取りを考えるのも好き。だからやっていられるようなものだ。

そして、昼食のからあげ弁当。

「大杉くん、いつも同じものばかり食べていない?」

先輩の女性社員、マスダさんからは、すっかりあきれられている。

「よく胸やけしないよねえ」

しない。油と脂は最高である。ここでがっつりエネルギーを補給する。そしてぼくは生き返り、午後を戦い抜く。

が、油と脂のハイエナジーは、帰りの電車の混雑にもまれているうち尽きたみたい。アパートにたどり着いたときには、へろへろ。

郵便受けを開ける。宅配ピザのちらしと、ガス代のお知らせ、それから。ぼくはげんなりする。

宅配便の不在通知だ。誰からの届けものか、通知を見ないでもわかる。また送って来たのだ。

「こんばんは」

背後から、銀のメッシュが入った茶髪を豊かになびかせた、中年の女性に声をかけられた。

「今、お帰り？」

隣室の桜田《さくらだ》さんだ。緑のアイシャドウと濃い青のアイライン、ピンクの唇。桜田さんはぎんぎんに化粧をしている。前ボタンを閉めていないトレンチコートからは、赤とオレンジの花柄ワンピースがひらひらと覗いている。ハイヒールはゴールドである。

すげえ。頭のてっぺんからつま先まで、今夜もカラフルだな、桜田さん。

「お疲れさま」

「どうも」

桜田さんは今から出勤なのだろう。

「行ってらっしゃい」

「ふふふ」

あやしく含み笑いをして、桜田さんが歩いていくのを、ぼくは見送った。新宿だったか池袋だったか、とにかくそのあたりの繁華街の「夜のお店」で働いているのだと、ここへ住むようになってすぐに教えてもらったことがある。そのとき名刺も渡された。ユリアさんという源氏名《げんじな》だった。

源氏名、だよな。まさか本名じゃないよな？

そう、桜田さんはすっかりユリアさんに変化《へんげ》して、出勤していく。

しかし休日の午後、アパートの通路で顔を合わせる、上下だぶだぶの、グレーのスウェット姿。メッシュじゃなく白髪にしか見えないざんばら髪、すっぴんの桜田さんにユリアみはかけらもない。二日酔いで機嫌のよくなさそうな、ただの桜田さんだ。

桜田さん、何歳なんだろうな。ユリアのときは四十歳くらいにも見えなくはないけれど、すっぴんスウェット時は六十歳にも見える。謎だな。

ぼくは階段を上がり、二階へ向かう。二〇二号室が桜田さんで、二〇三号室がぼくの住まいだ。二〇二号室の明かりはついていなかった。ということは、桜田さんの娘はまだ帰って来ていないらしい。

桜田さんは娘と二人暮らしなのだ。娘は高校生という話だったし、制服を着て歩いている姿を見かけたこともあるのだが、それはぼくがたまたま有給休暇をとった平日の午前中だった。不良には見えない。ユリアさんみたいな化粧もしていない。むしろ地味めな女の子なのだが、あまり真面目に通学していないみたい。

似たような子が、ぼくが高校のときにも、同じクラスにいたっけな。

胸を刺す記憶。ぼくは溜息をついて、二〇三号室のドアの鍵を開けた。

働きはじめ、ひとりで住むようになってから、学生のころの友だちと会う機会は減った。働いて帰って寝るだけの毎日。

むなしい。

思った次の瞬間、耳の奥から声がする。

——そら見なさい。知ってたわ。

ぼくは大きくかぶりを振る。

仕方がない。自分が決めた生活なのだ。

シャワーを浴びながら、ぼくは思い出す。

同じクラスにいた、彼女のことを。

＊

イシザカマリエ。

高校二年生のときの同級生だった。

桜田さんの娘と同様、イシザカも見ためはぜんぜん不良って感じじゃなかった。ただ、しょっちゅう学校を休んでいた。

「イシザカは今日も休みか」

無断欠席だったようだ。けれど、教師も慣れていて、イシザカがいないことは誰も気にしていなかった。登校して授業を受けていても、目立つようなところはない子だった。友だちと大声で笑ったりはしゃいだりしているような場面もほとんど見なかった。

いてもいなくても、みんな気がつかない。

「イシザカは、今日も休みなんだな」

教師のひと言で、存在を思い出す。そして、すぐに忘れ去られる。そんな女の子だったのだ。

が、ぼくは、夏休みを前に、ひょんなことから、イシザカと関わりを持つことになった。

ある高名な建築家が、自伝的な本を書いた。出版記念の講演、というかトークショーが、県内の大型書店でも開かれることになった。家からも学校からも離れた街の書店だったが、設計士になりたいと考えはじめていたぼくは、その講演に行ったのだ。

終わったあと、ぼくは駅ビルの中のファストフード店に入った。

「いらっしゃいませ」

カウンターにいたのは、イシザカだった。

「イシザカさん」

「あれ？」

イシザカは、ばつが悪そうに笑った。

「ええと、なにくんだっけ？」

失礼なことに、イシザカはぼくの名前を憶《おぼ》えていなかった。そのくらい学校に来ていなかったのだし、来ても周囲に興味もなかったのだろう。

「大杉だよ」

「そうそう、大杉くん。どうしてこんなところにいるの？」

「イシザカさんこそ、なにをしているの」

　愚問だった。イシザカはファストフード店の制服を着て帽子をかぶって、いらっしゃいませとぼくに言ったのだ。誰が見たってわかる。

「アルバイト」

　イシザカはますます居心地悪そうな顔になる。ぼくたちの通っている高校は、アルバイトが禁止だった。

「アルバイト、ねえ」

　ぼくもむにゃむにゃと笑うしかなかった。

「うちの学校の子なんか来やしないだろうと思って、この駅のお店を選んだのに、どうして来たの、あんた？」

　ぼくのせいかよ。

「しょうがないだろ」

　出身地がこの街だから、ここの書店で講演をすることに決めたのだと、さっき建築家が言っていた。

あの建築家が悪いのだ。ぼくじゃない。

「安心しろよ。学校に密告《ちく》ろうなんて思っていない」

「本当？」

イシザカは、ほっとしたようだった。

「ありがとう」

笑った。

これまでの後ろめたそうな笑いじゃない、晴れやかな笑い。こいつ、こんな顔もするんだな。

「うん」

ぼくはくすぐったいような気持ちになった。

学校にいるときのイシザカが笑っている顔を、ぼくは知らなかった。たまに教室にいるときは、ひとりでぽつんと座っていて、いかにも憂鬱そうだった。誰の姿も見えていないし、誰の声も耳に入っていない。異世界からまぎれ込んで来てしまった場違いな存在に見えた。

イシザカさん、暗いよね。

暗いよ。

女の子のあいだで、そんな風に囁かれているのを聞いたことがある。暗いイシザカには、誰も近づかないし、話しかけなかった。

でも、この瞬間、ぼくの眼の前にいるイシザカマリエは、暗いところなんか微塵《みじん》もなかった。

「で、ご注文は？」

「学校には黙っている」

ぼくはわざとにやにやしながら、言った。

「そのかわりに、おごってくれる？」

「恐喝じゃないの。それ」

イシザカもわざとらしく眼を見張ってみせた。

「犯罪だよ。悪人」

ぼくの冗談に冗談で応じる、ふつうの女の子だった。

そんなことから、ぼくはイシザカと話すようになったのだ。

*

バスルームから出て、タオルで髪と躰《からだ》をごしごし拭《ぬぐ》って、部屋に戻る。

さっき脱ぎ棄てたまま、床に散らばっている上着とズボンを拾い上げ、ハンガーにかける。

——また、また、そんな風にするから、服が皺《しわ》になるんでしょう。

わかっている。わかっていますとも。

そのとき、上着のポケットから、なにかがぱさりと床に落ちた。

「あ?」

小さな紙袋。

「何だ、これ?」

ぼくは首を傾げ、一瞬ののち、思い出した。

お弁当屋のポイントの「おまけ」だ。すっかり忘れていた。ま、忘れたままでも構わなかった気がするけどさ。

ぼくは何の期待もせず、紙袋を開けて中身を引っ張り出してみた。

「カード？」

カーネーションが描かれたカード。

そうか、そういえば、五月には母の日がある。だけどね。

「終わってねえ？」

ぼくは、上着の同じポケットに入っているスケジュール帳を取り出して、確かめた。ほらね、母の日は、五月の第二日曜日。とっくに過ぎている。

おかあさん、いつもありがとう。

印刷された文字を見ながら、ぼくは苦笑するしかなかった。

「どうしておれにこんなものをくれるんだよ？」

期限切れのカードが、お楽しみの「おまけ」かよ。お弁当屋のあの女性、かなり寝ぼけていたな。毎朝毎朝、早起きして、弁当作りに追われているせいだろうか。

それにしたって、なあ。

ぼくはそのカードを手の中でくしゃくしゃにまるめかけた。

そして、やめた。

母の日、か。

＊

小学生のころは、プレゼントを買っていたな、母の日。

「お小遣いを出し合って、一緒に買おう」

って、妹のマナミに言われたからだ。ぼくとしては、そんなに積極的でもなかったような気がする。

「おにいちゃんは、いつもおかあさんにたくさん面倒をみてもらっているんだし、お小遣いも多いんだから、多く払ってね」

二歳下の妹に、そんなことまで決められてしまった。

なにを買ったんだっけ。覚えていない。カーネーションの花束とか、ハンカチとか、そんなものじゃなかったろうか。母親になにを贈るか、決めたのもマナミだった。メッセージカードもつけた。

おかあさん、いつもありがとう。

そんな文章を書いたのもマナミで、ぼくは最後に署名させられただけだ。

新之輔より。

でも、正確には、あれは「マナミより」だけでもよかったんじゃないか。ぼくは言われるがまま金を出しただけで、母親にはなにも贈っていないのだ。

やがて、マナミは「一緒に買おう」とぼくを誘わなくなった。そして、ぼくは母の日を忘れた。

＊

お弁当屋がくれた、母の日のカードを、ぼくはローテーブルの上に抛《ほう》り投げた。

母の日なんて、ただの、なにもない日曜日だった。今年は思い出しもしないまま、一日を過ごした。今年だけじゃない、去年も、その前の年も。

三

アパートの近くには、国道がある。通りに沿って、ファミリー・レストランと牛丼屋とラーメン屋、コンビニエンス・ストアやスーパーマーケットが林立している。よりどりみどりだ。だからぼくは自炊をしたことがない。ガス台すらめったに点火しない。冷蔵庫には飲みものしか置かない。

置かない、ようにしたいんだ。本当は。

あのひとが、宅配の冷蔵便でいろいろ送ってさえこなければ、それができるんだ。プラスティックの容器に入った、ごぼうとれんこんの煮物、ほうれんそうや小松菜のおひたし、ブロッコリーのからし和《あ》え。

そうだ、あとで、再配達の手配をしなければならない。面倒くさいな。いちおう夜のいちばん遅い時間帯を指定するしかないけれど、急に仕事が詰まって帰宅できないときだってある。そうなるとまた宅配業者は無駄足を踏むことになるじゃないか。受け取るぼくもだけど、何度も何度も配達しなければならない宅配業者さんだって迷惑だ。

送ってこなくていいんだよ。

実家に帰ったとき、口に出しても言った。こうして送られた荷物を受け取るたびお礼のメッセージを返して、そう伝えてもいる。

食べきれなくて腐らせちゃうから。棄《す》てることになっちゃうから。もったいないから。

実際は、食べきれないどころか、食べようともしない。冷凍庫の中に押し込んで、次のものが届くたびに棄てている。で、新しい方を詰め込んでおく。何のことはない。代わる代わる生ごみを冷やしているだけだ。そしてキッチンの戸棚に容器ばかりが溜《た》まっていく。

むろん、ぼくの胸は罪悪感で疼《うず》く。もったいない。食べものを粗末にしたくはない。だけど、無理をしてまで野菜は食べたくない。

せっかく自立して生活をしているのだ。食べたいものを食べたい。ぼくの人生じゃないか。

だけど、あのひとは、かあさんは、ぜったいに送って来るんだよな。

──冷凍なんだから、すぐには腐らないよ。少しずつでもいいから、解凍して食べなさい。タッパーを開ければあとは食べるだけの状態にしてあるよ。どうせ、あんたは自分でお料理なんかしないし、野菜を採ろうともしないでしょう。知ってるよ。

かあさんは、ぼくの言葉なんか聞いてくれない。

今夜の夕食は牛丼と決めた。昼は鶏。夜は牛。ごはんがっつり。野菜なし。ははは、野菜はないぞ。誰が何と言おうが、これがぼくの選択だ。

ぼくの人生だ。口出しはさせぬ。

もう大人なのだ。自分で決める。

*

おにいちゃんは、いつもおかあさんにたくさん面倒をみてもらっている。マナミから指摘されるまでもなく、自覚はある。自分でも、よく覚えている。

幼いとき、ぼくは、おかあさんっ子だった。

外へ出かけて、はしゃいで駆け出して、

「ころんだ」

と言っては泣いて、母親を探した。

公園へ行って、友だちと遊んで、喧嘩をして、

「ぶたれた」

と言っては泣きわめき、母親にすがりついた。

家から一歩、外へ出れば、泣きべその弱虫。ぼくはそんな子供だった。そのくせ、家の中ではいばっていた。

「ここから先はぼくの陣地だ。入って来るな」

などと、勝手にリビングルームのラグの上を占領し、マナミを締め出そうとした。

「入ったな。許さない」

突き飛ばして泣かせたりもしていた。どう考えても理不尽なのはぼくの方である。

もちろん、母親からは叱られた。

「マナミに乱暴をしちゃいけません」

「あいつが悪いんだよ」

「悪くないでしょう」

「悪い」

「悪くない。おかあさん、ちゃんと知っているよ」

いばっているくせに、トイレにひとりで入るのが怖かった。

「ドアの前までついて来て」

母親に頼むのだ。

「はいはい」

あきれたように笑いながら、ぼくの願いを聞いてくれた母親に、トイレのドアの前で、さらに頼むのだ。

「中までついて来て」

情けないこと極まりない子供だったわけである。

そのうえ、ひどくやきもち焼きでもあった。

「おかあさん、聞いて聞いて」

マナミが嬉しそうに母親と話していると、ぼくはぜったいに邪魔をした。

「おかあさん、こっち来て。はやくはやく」

「なあに」

母親が来ると、ぼくはにやりと会心の笑みを浮かべる。

「何でもな――い」

ぼくはずいぶん無法者だった。マナミが不満に思うのも無理はない。

「おにいちゃんは意地悪だ」

しょっちゅう文句を言われたし、母親からも注意をされた。

「意地悪をしちゃいけません」

「していないよ」

ぼくはとぼける。本当は、自分でも意地悪をしているとわかっていた。ぼく自身が居心地よく、楽しく毎日を生きる。そのためには、母親を独占したかったし、マナミは目障りだったのだ。

自覚している。ぼくは、厭な子供《ガキ》だった。

「嘘をつきなさい」

そして、そんなぼくをやさしくにらみながら、母親は言うのだ。

「おかあさん、みんな知っているんだからね」


ぼくは、おかあさんっ子だった。

変わってきたのは、いつごろからだったろう？

そう、中学生になったころからだ。

その時期、ぼくは、隠れ食いをはじめたのである。母親は料理好きで、ケーキやクッキー、プリンやゼリーなど、お菓子も自分で作ってぼくやマナミに食べさせた。その反面、市販のお菓子を食べることは、我が家では禁じられていたのだ。小学校の高学年になって来ると、友だちとのつき合いもあって、そのあたりの規則はだいぶゆるやかになってはいったけれど、ファストフードの類《たぐい》は解禁されていなかった。

中学生になって、帰り道に友だちに誘われ、はじめてファストフード店に入った。ハンバーガーとポテトのセット、ドリンクはシェイク。すべてがはじめての体験だった。そのときの衝撃は忘れがたい。

うまい。

いや、そんな言葉では言い尽くせない。

うまあああああああい！

咽喉の奥からほとばしるように叫びたいくらいだった。そうなのだ。母親だってハンバーグは作ってくれたし、ポテトフライも揚げてくれた。それはそれでとてもうまかった。しかし、ファストフード店にはファストフード店の味というものがある。それにシェイク。何だ、この飲みものは、奇跡か。

それから、ぼくはこっそりファストフード店通いをはじめた。

小遣いだけでは足りない。取引をした。ぼくは、それなりに勉強ができた。友だちの宿題を引き受ける代わりにおごってもらうことにした。

「数学のテキスト、写させてよ。テリヤキバーガーをおごるからさ」

「今日の宿題だろう。五ページもあるんだぜ。文章問題も厄介だし、テリヤキだけじゃなあ」

「わかったよ。チキンナゲットもつける」

「いいだろう」

小学生のころは泣き虫。勉強だけできる弱めのヤツ。そんな立ち位置だったぼくは、クラスの中の不良っぽい連中とも取り引きをするようになった。

「読書感想文、でっち上げてくれよ。ハンバーガーかチーズバーガーでいいんだろ?」

「感想文は答えを教えるより手間がかかるからね。単品じゃ受けられないな。セットじゃないと」

悪い駆け引きまで覚えてしまった。ますます厭な子供になっていった、ともいえる。

母親には、ばれなかった。中学生の食欲はすごい。午後遅くに間食をしても、夕食はきっちり食べることができた。もっとも、ごはんをおかわりするところまではいかなかったけれど。

「食が細くなったんじゃない?」

母親に言われたこともある。

とんでもない。食いまくっているよ。

＊

テイクアウトの牛丼を買って、ぼくはアパートに戻る。

隣りの部屋の窓から明かりが漏れている。桜田さんの娘も帰宅したみたいだ。二畳ばかりの狭いキッチンに、バスルームにトイレ、六畳の部屋が二つ。家賃の安さで選んだ、築四十年の古いアパート。ひとりで住むぶんにはじゅうぶんな広さだけれど、親子二人が住むのには狭すぎはしないだろうか。収納も半間の押し入れひとつしかないし、女同士とはいえ、息が詰まらないかな。

ユリアさん、いかにも濃いおかあさんだしな。あの娘は逃げたくならないだろうか。

＊

かあさんから離れたい。

大人になりたい。ならなくちゃ。

強く、そう考えるようになったのは、あのころ、イシザカと話すようになってからだ。

四

ドアの鍵を開けて、中に入る。

暗い室内で、電話の光が点滅している。買いものに出かけるとき、ぼくは電話を持って行かなかったのだ。そのあいだ、着信かメッセージがあったみたいだ。

誰からだろう？

ぼくは部屋の電気をつけ、ローテーブルに置かれた電話を取り上げ、画面を確認する。

かあさん、だ。

＊

ぼくが電話を持つようになったのは、中学生のときからだ。

正確には、親から許しが出て、持たされた。むろん、課金のゲームは禁止。友だち同士の連絡も、必要最低限のやりとりしかしない、という条件つき。ぼくは食欲以外の面においては親に従順だった。だから、たまにゲームのやり過ぎを注意されるくらいで、規則を破ることはなかった。

イシザカは、電話を持っていなかった。

「必要ない」

イシザカは、平然としていた。

「連絡する相手もいないもの」

「友だちも？」

イシザカは頷いた。

「親は？」

かあさんは、ぼくの帰りがちょっとでも遅くなると、すぐにメッセージを送って来る。

どこにいるの？ どうしたの？

「帰りが遅くなったりしたら、心配しない？」

「心配？」

イシザカは、鼻先で笑った。

「うちの親は、わたしを心配なんかしないよ。それに、わたし、親とはいちばん話をしたくない」

「どうして？」

ぼくは訊いた。無邪気な質問だった、と思う。

「うちの親は、わたしが嫌いだから」

イシザカの返事は、ぼくの想像を絶するものだった。

「嫌い？」

ぼくはぽかんとした。

「親が子供を嫌いなんて、あるの？」

無邪気どころではない、無知な質問を続けた。

「あるよ。うちの親だけじゃない、と思うけどね」

イシザカは淡々と答えた。

「虐待されているとか？」

無知で、無神経な、ぼくの質問。

「殴られたり蹴られたりする子はいるよね。下手をすると死ぬまでやられる。そういう意味での虐待はないよ」

「そう」

ぼくはいささか安堵《あんど》した。無神経で無知で、無邪気なぼく。

「大杉くんのおとうさんは、仕事から帰って来たとき、ただいまって言う？」

逆に、イシザカは変な問いかけをして来た。

「そりゃ、言うよ」

鉄道会社に勤める父親の帰宅時間はまちまちだけれど、深夜になったときでさえ、囁くような声で「ただいま」と言っている。母親がたいがいは起きて待っているからだろう。

当たり前じゃないか。

「うちは、言わないの」

「言わない？」

「お帰りなさい、とわたしが言っても、無視される」

ぼくは、耳を疑った。

当たり前じゃなかった、のだ。

「小さいときから、ずっとそう。でも、お帰りなさい、を言わないと怒鳴られる。おまえは誰にめしを食わせてもらって生きていると思っているんだ、ってね」

ぼくは絶句した。ひどいな。

「大杉くん、お小遣いはもらっている？」

「もらっているよ」

イシザカはもらっていないのだろうか。

「うちはね、明細を書けって言われる」

「明細？」

ぼくは再びあっけに取られた。

「なにに使うか、こまかく報告しろってこと」

「いちいち報告なんかできないよ」

想像しただけで途方に暮れる。ぼくは小遣い帳すらつけたことがないのだ。

「報告しなければ、渡す義務はないって、父は言っている」

思わず言ってしまった。

「変だよ、イシザカの親」

「それが父の方針なんだそうだよ」

イシザカは薄く笑った。

「ここは俺の家だ。俺のやり方に不満があるなら、すぐに出ていけ。それが父の決まり文句」

だからアルバイトをはじめたんだと、イシザカは言った。

「おかあさんは、なにも言わないの？」

ぼくは、訊いていた。

「言わない」

イシザカは、ふっと鼻先で笑った。

「母は、父と同じことを言うだけだよ。食わせてもらっている以上、あんたが文句を言う筋合いはないってさ」

「だって、子供を作ったのは親だろう？」

養って育てるのは当たり前じゃないのか。

「変だ」

ぼくは言いたかった。けれど、言葉は咽喉のあたりで止まった。

当たり前。

ぼくが漠然と信じて来た、当たり前。

それは、イシザカの両親にとっては、当たり前じゃないんだ、きっと。

「でもね、楽な部分もあるよ。うちの両親は、わたしが学校へ行ってなかろうが、成績がどうであろうが、帰りが遅かろうが、そのへんに関しては無干渉なの。十五歳を過ぎれば親に責任はない。どんな人生を選ぼうがおまえの勝手だ。それが父の方針だから」

「十五歳って」

ぼくは眼の前がくらくらした。イシザカの父親は、あまりにも責任を手放すのが早すぎないか？

「もう責任はない。だから、親はわたしを心配なんかしない」

イシザカは呟《つぶや》いた。

「連絡なんかなくていい。電話は必要ないんだ。わかったでしょう？」

「…………」

ぼくにはまったくわからない。けれど、わかったような顔をしているしかなかった。

「わたし、家を出たい」

イシザカが言った。うめくような声だった。

「家を出て、自分ひとりで生きていきたい」

＊

電話の画面に、かあさんからのメッセージが映し出される。

「今日、冷蔵便で荷物を送ったんだけど、届いた？」

かあさんは、実家を出たぼくに、こうしてしょっちゅう連絡をよこす。

ぼくだけじゃない。まだ実家住まいのマナミに対しては、もっと頻繁だ。毎日毎日、眼についたこと、おもしろかったこと、画像を添付して、友だちみたいにやり取りをしている。

家の中でも、家の外でも、濃厚につながっている。

それが「当たり前」だと思っていた。

イシザカを知って、ぼくの中で「当たり前」は崩れた。

＊

イシザカが、ぼくの前でその言葉をふたたび口にしたとき、ぼくは言った。

「わかるよ」

嘘ではなかった。

ちゃんと顔を洗ったの？　まだ眼やにがついているし、歯みがき粉も顎に残っている。ほら、ワイシャツの襟《えり》が曲がっている。ハンカチは持った？

朝から口やかましいかあさんに、ぼくはいらいらしていた。少しは抛っておいてほしい。かあさんをうるさく感じる。その気持ちは、日に日に強くなっていく一方だった。

「家を出たいなあ」

「わかる」

ぼくだって、家を出たい。かあさんに干渉されず、ひとりで生きていきたい。

「大杉くんには、わからないよ」

イシザカは笑っていた。

ぼくはむきになった。が、内心は図星だった。

家を出たい。

嘘ではない。しかし本当でもなかった。

ひとりで生きていく？　ぼくはアルバイトもしたことがない。朝はかあさんが起こしてくれて、朝食が用意されている。学校や塾から帰れば、夕食ができている。風呂にはお湯が張ってある。ぼくは汚れものを洗濯かごに放り込みさえすればいい。ワイシャツも下着も靴下も、常にきれいになってクローゼットの引き出しに戻ってくる。

自分ひとりで生きていく？　そんなこと、ぼくにとっては夢のまた夢だった。そして、そんなことは、イシザカにはすっかりお見通しだった。

「本当に本気でわかるんだよ」

ぼくは言いつのった。

「真剣に、腹の底から」

イシザカは、ゆっくりと首を横に振った。

「わからなくていいよ。大杉くんは大学に行きたいんでしょう？」

「うん」

　ぼくは頷くしかなかった。「まあね」

「おとうさんもおかあさんも、大杉くんを大事にしてくれているんだろうね」

「うん」

　ぼくは、またしても頷くしかなかった。

「まあね」

「わからなくていいんだよ。大杉くんは、わたしとは違う」

　イシザカの言葉は、ぼくの胸を深く刺した。

　イシザカの置かれている状況を、ぼくは変えられない。

　ぼくにはなにもできない。

　そのことだけはわかっていた。

　両親から、大事に育てられた、ぼく。

　イシザカの痛みを共有することさえできない、ぼく。

「大杉くんは、わたしとは違う」

そう言われると、イシザカから、強く突き放されたような気がした。

胸の奥が、ただ、痛かった。

＊

かあさんからのメッセージ。

「今日、冷蔵便で荷物を送ったんだけど、届いた？」

いつもいつも、要らないと伝えてあるのに、送り込まれる差し入れの、到着確認。

ぼくは溜息をつきながら画面を見つめる。

ありがたい。けれど、げんなりする。

そんな自分に罪悪感を覚える。いつもいつも、その繰り返しだ。

ぼくは、買って来た牛丼の容器を開けて、もそもそと食べはじめた。うまい。肉と脂としょっぱさと甘さ。お馴染《なじ》みの味。

うまい。口の中にあふれる肉汁。最高。とろとろの玉ねぎ、野菜も食っている。

今夜の食事は健康だ。かあさんも文句は言えないぞ。

しかし、心は重くなっていく。

ぼくは、なぜ、かあさんの心遣いを迷惑がるのだろう。なぜ、素直に受け取らないのだろう。ぼくは、なにに逆らっているのだろう？

答えは見えている。

高校二年のとき、イシザカを知ってから、だ。

ぼくはずっと、かあさんの心遣いから、逃げようとして来た。

＊

三年生に進級したとき、クラス割の表の中に、イシザカマリエの名前はなかった。

「イシザカさん、退学したみたいだね」

新学期最初の日、同じクラスの誰かが言った。それきり、学校内でイシザカの名前を聞くことはなくなった。

イシザカが、学校を辞めた。

ぼくは、少なからず、いいや、大いに傷ついた。

辞めるなら、その前にひと言くらい、ぼくにだけは伝えてくれてもよかったじゃないか。

イシザカは、友だちはいないと言っていたけれど、ぼくは。

「大杉くんは、わたしとは違う」

ぼくは。

ぼくは、何だったのだろう。

イシザカにとって、ぼくは、何だったのだろう?

ぼくとよく言葉を交わすようになってから、イシザカが登校する日は、ほんのちょっとだけ、増えた。

うぬぼれじゃない。

「朝起きて、今日もアルバイトをみっちり入れているからだるいな、と思うんだけどさ。大杉くんと話がしたいから、来てみた」

イシザカは、そんなことを言ってくれたときもあったのだ。

「新之輔、おまえ、イシザカさんと仲がいいのな?」

クラスの友だちからは、冷やかしめいた探りを入れられることも多かった。

「別に、仲がいいってわけじゃない。たまたまだよ」

曖昧な言葉で濁しながら、悪い気はしていなかった。

イシザカが学校にいる日は、誰よりも彼女と話がしたかった。内容なんてどうでもよかった。体育の時間のサッカーで派手に転んだことでも、好きな建築のことでも、お笑いタレントのコントのネタでも、イシザカはにこにこ聞いてくれるし、声を出して笑ってもくれた。

休み時間、仲のいいセキグチあたりに話しかけられて、イシザカの席に行けないときは、ひどくいらついた。

「新之輔、さっきの体育のときさ、だいぶ派手に転倒《こけ》たよな」

「ああ」

ぼくはむっつりする。どうでもいい。抛《ほ》っとけ。

「おまえ、建築が好きなんだろう。うちの父親もそれ系のぶ厚い本を持っているんだ」

「ああ」

今はどうでもいい。その話は今度にしてくれないかな。今日はイシザカが来ているんだ。窓際の、前から三番めの席に、ひとりぽつんと、イシザカが座っているんだ。

たぶん、ぼくと話をしたい。そう思ってくれている。

「新之輔、昨日のTV番組のコントさ」

「ああ」

本っ気でどうでもいいから、ぼくをイシザカの席に行かせてくれ。イシザカはぼくを待っているんだ。

「投げやりじゃね、おまえ？」

むろん、そんなぼくのやる気のなさは、セキグチには伝わって、不審がられた。

「機嫌悪い？」

ぼくはさらにむっつりと応じる。

「別に悪くない」

「俺のせい？」

キーンコーン、カーンコーン。時間切れ。休み時間は終わった。

「ああああ」

ぼくは野太い溜息をついて天を仰いだ。

「俺、なにかした？」

セキグチは気が強くない。おろおろしている。

「俺のせい？　俺、新之輔になにをしちゃったの？」

「別に、なにもしちゃいない」

ぼくは苦虫を嚙《か》みつぶしたような顔で言い棄てて、自分の席に戻る。イシザカの背中を見る。

けっきょく、話せなかった。

なにもしちゃいないよ、セキグチ、おまえのせいだけどな。

うぬぼれじゃない。

そう思っていたんだ。

「大杉くんは、わたしとは違う」

もちろん、違うよ。わかっている。

でも、ぼくはイシザカに近づきたかった。

だから。

ぼくは、ぼくが置かれている「当たり前」の状況から、抜け出したいと願うようになっていた。

かあさんが差しのべてくれる「当たり前」の手を、わずらわしく思うようになっていたのだ。

＊

かあさんからのメッセージに、ぼくはふだん、すぐには返信をしない。しばらく放置する。そして、遅い時間に返す。

「荷物はまだ受け取っていない」

「どうしたの」

「帰りが遅くなったから」

「早めに受け取ってね」

などと、ちまちまやりとりをするのを、最小限に留《とど》めたいからだ。

「荷物はまだ。明日は受け取る。もう寝る。おやすみ」

そんな風に、通信を一方的に切ってしまうことにしていた。しかし、今日のぼくは、牛丼を食べ終わってすぐに返信の文字を押していた。

「帰りが遅くなって、受け取れなかった。明日受け取るようにするよ」

なぜだろう？

ローテーブルの上の、牛丼の空の容器の横に、一枚のカード。

お弁当屋でもらった、過ぎてしまった母の日のカード。

まさか、このカードのせいで、ぼくの気分が変わってしまった、わけではないだろうと思うけれど。

＊

イシザカに会えなくなって、一年近く経《た》ったころだ。

高校を卒業する、少し前のことだった。

セキグチが家にやって来て、玄関先で立ち話をして帰った。謝恩会のあとの二次会はどうするか、といった、たいして重要でもない話だった。そのあとで、かあさんがぼくに言ったのだ。

「そういえば、ずっと前、あんたに会いに来たクラスの子がいたわね」

「誰？」

「名前は忘れちゃったな。女の子」

「女の子？」

ぼくの心臓は高鳴った。わざわざ家に来るほど親しく話をしていた女なんて、思い当たるのは、ひとりしかいなかった。

イシザカ、だ。

「やっぱり寒いころだったわ。その子、白いコートを着ていたもの」

ぼくの胸の鼓動はますます速まった。

間違いない。冬場のイシザカが羽織っていたのは白のダッフルコートだった。

「あんたは塾に行っていて留守だった。そう伝えたら、わかりましたってあっさり帰っちゃったのよ。もし時間があれば、家に上がって待つようにとも言ったんだけどね」

「どうして」

ぼくの声はわずかに震えていた。

「どうして今まで言わなかったの？」

「すっかり忘れていたのよ」

ぼくの胸はざわざわと波だった。

忘れていた？

「今、セキグチくんもコートを着て、いかにも寒そうにそのドアを開けて出ていったでしょう？　だからはっと思い出したの。その女の子も同じように肩をすぼめてここを出ていったのよ」

かあさんはぼくの気持ちには気づかない。のんびりと話を続けている。

「忘れていたって、どういうことだよ」

ぼくの声が低くなる。

「悪かったね」

かあさんはあんまりすまなそうではなかった。

「うっかり忘れちゃった」

無理もない。たった今セキグチは、電話でもメッセージでもいいような、ひと言ふた言で済むような用件を、わざわざこの場でだらだらと話していったのだ。ぼくたちの用事なんて、たかがその程度のものだ。かあさんがうっかり忘れてしまうのも、無理はない。

ただ、ひとりだけ、本当に重要なことを伝えるために訪問してくれたやつがいたことを、かあさんは知らない。知る由《よし》もなかった。それだけのことだ。

「その子、あんたと同じクラスだって言っていたし、どうせ学校で会うでしょう？　会えば済む用事だろうしね」

学校にはめったに来ないクラスメイトだって、ひとりいたんだ。

「電話でだって話せるでしょう？」

たったひとり、電話を持たないクラスメイトだって、いたんだ。

わかっている。かあさんは、知らなかった。だから、仕方がないんだ。

「ふざけるな」

わかってはいた。だけど、ぼくは、大声を上げていた。

「すっかり忘れていたんなんて、ふざけるんじゃねえ」

「新之輔？」

かあさんはびっくりしたようだった。ぼくがそんな口を利いたのは、はじめてだったから。

「ぜったいに許さねえからな」

ぼくは自分の部屋に飛び込むと、叩《たた》きつけるようにドアを閉めた。

イシザカは、学校を辞めることを、ぼくに告げようとしてくれていたのではなかろうか。そうに決まっている。

そのことを、ぼくは、一年近くも知らずにいた。

かあさん。

ぜったいに許さねえからな。

＊

かあさんからの返信は、速攻で届いた。

「野菜をあんまり食べたくないのはわかっているけど、なるべく食べるようにしてね。買い食いや外食だけじゃ、どうしても栄養が偏《かたよ》るからね」

ぼくも返信を送った。

「前に送ってもらったぶん、まだ冷蔵庫に入れっぱなし」

正直に書いた。

「たぶんもう腐りかけ」

「でしょうね。知っていました」

かあさんからの返信。

「いつも外食ばかりなんでしょう?」

うん。

ぼくは牛丼の空容器を見ながら頷く。

「新之助は、外食が好きだからね」

うん。ぼくは深く頷く。大好き。

「中学生のころも、私に隠れてハンバーガー屋さんに通っていたくらいだものね」

ぼくは驚いた。

かあさん、知っていたんだ。

「ばれていた?」

「ばればれ。あんたあのころ、かなりふとっていたもの」

そういえば、ぼくは中学時代、わりにぽっちゃりしていたな。

「それに、新之助が友だちと一緒にファストフード店に入り浸っているのを、マナミが見たって教えてくれた」

あいつか。ぼくは舌打ちをした。うす汚い密告屋が。次に会ったらただじゃおかねえ。

「犯行現場の画像も送ってくれた」

マナミめ、あいつ、探偵のつもりかよ。

「ばれてましたか」

ぼくは、繰り返すしかなかった。

「ぜんぶ、知っていました」

かあさんも、繰り返す。

ああ、かあさん。

やっぱり、あなたは、ぼくのことなら、いつだって、何だって知っているのだな。

お弁当屋でもらった、過ぎてしまった母の日のカード。

わかっている。

イシザカのことは、かあさんのせいじゃない。

＊

高校三年の春。

イシザカが退学したと知ったあとで、ぼくはイシザカの家まで行ったのだ。

イシザカは、両親と、街外れに流れる運河沿いのマンションの七階に住んでいる、と言っていた。部屋番号まで、ぼくは知っていた。七〇八号だ。けれど、ぼくは七〇八号を直接訪れることはしなかった。

イシザカの両親の、娘への姿勢を知ってしまっている。そこまでの勇気はなかった。

ぼくは、マンションの外、エントランスの階段下で、待った。イシザカはアルバイトに行っているかもしれない。帰りは夜になるだろう。夕方から十時半まで、待った。一週間、ぼくはイシザカを待った。その間、通っていた塾はさぼっていた。毎日、誰かを待ち伏せて、うろついている高校生の不審者。マンションの住民は薄気味悪く感じていたに違いない。

イシザカには会えなかった。最後の日は日曜日。夜の十一時過ぎまで待った。けれど、会えずじまいだった。

イシザカは、学校を辞めると同時に、親と暮らすマンションを出てしまったのかもしれない、とも思う。イシザカは、アルバイトをして得たお金で、家出のための貯金をしていた。そのお金が貯まったからこそ、学校を辞めたのかもしれない。

ぼくは、あきらめるしかなかった。

わずか一週間で断念した理由の五十パーセントくらいは、イシザカがなにも言わずに姿を消してしまったことにあった。

イシザカにとって、ぼくは何だったのだろう？

答えは、何でもなかった。だからこそ、ぼくにはなにも告げなかった。ぼくが待つことは、イシザカにとって迷惑なストーカー行為に過ぎない。思いきるよりほか、道はなかった。

もし、あのとき、イシザカが家までぼくを訪ねて来てくれていたことを知っていたなら、あきらめたりはしなかった。うぬぼれじゃない。イシザカは、ぼくを必要としてくれている。そう信じられた。ひと月だってふた月だって、張り込みを続けていただろう。当然、塾へは通えず、勉強はおろそかになり、大学受験に失敗していた可能性もある。おそらくそうなった。

もし、あのとき、かあさんからイシザカの訪問を聞いて、すぐあとでイシザカと会えていたら、どうなっていただろう？

今となっては、取り返しのつかない、もし、だ。考えても意味はない。

知りつつも、ぼくは、考え続けている。

我ながら、本当に、しつこい性格だと思う。

かあさんのせいじゃない。

わかっている。

＊

「外食でも、お肉ばかり食べていては駄目ですよ。野菜も食べなくちゃ」

かあさんからのご忠告がはじまった。

「食べているよ」

からあげ弁当にはポテトサラダが、牛丼にだって玉ねぎが入っているもんね。

「本当に？　青い野菜を採らなければ駄目ですよ」

ポテトサラダには、きゅうりだって入っているよ。だからお惣菜を送っているの

「外食だけじゃ、どうしても栄養が偏るからね。だからお惣菜を送っているの」

わかっていますよ。わかっています。

ローテーブルの上の、過ぎてしまった母の日のカード。

＊

ぜったいに許さねえ。

ぼくは、あの日、かあさんにぶつけてしまった感情を、胸に抱え込んだまま生きていた。

叫びながら、本当に許せなかったのは、かあさんじゃなくて、ぼく自身。イシザカに近づくこともできない、助けになることもできなかった、無力なぼく。

かあさんから離れるんだ。

離れて、大人にさえなれば、イシザカの力になれる。

ぼくは、そう信じた。信じたかった。ぼくにとって、どうしても思いきれない過去。

そうなんだ。

心のどこかで気づいてはいた。気づいていながら、気づかないふりをしていた。かあさんは悪くない。ぼく自身の問題だ。

認めよう。

ぼくは、いまだに甘ったれの、厭な子供だった。

認める。それで、ぼくは本当に成長できる気がする。

＊

母の日は、とうに過ぎてしまった。

けど、過ぎたからなすすべはない、ってこともないよな。次の休みには、かあさんに花でも贈ってみよう。

「どうしたの？」

なんて、かあさんはすぐにメッセージをよこすだろう。

「母の日」

かあさんは、あきれるだろうな。

「遅いよ」

「遅くなってごめん。これからはちゃんとお惣菜も食べる」

約束をしよう。本当に、なるべく食べるようにしよう。そうすれば、かあさんは喜んでくれるんじゃなかろうか。

「いつもありがとう。ずっと感謝していました」

ぼくは、そんな、印刷されたカードみたいな言葉でしか、気持ちを伝えられそうもない。

そうしたら、かあさんは、言うのだろう。

いつもみたいに。

「そんなこと、知っていたわ」

第三章　のり弁お嬢さん

私の人生。私のしあわせ。
つかみ取るにはどうすればいいか。具体的にはわからない。
わからないうちに始まってしまっている、私の人生。

一

真夜中。

窓の外から、ぎゃあああああああ、って、叫び声。

まぶたは開かない。ねむい。半分以上眠った頭で考える。何だろう？　誰の声？

赤ちゃんが叫んでいるみたい。こんな時間に、外で赤ちゃんが？

怖いな。なにがあったの？

続いてまた、うぎゃああああ、って声がした。

わかった。猫だ。どこかの路上で、猫が喧嘩をしているんだ、きっと。

ぎゃあああああ。ぎゃあああああああ。

声に反応して、あちこちの家で犬も吠《ほ》え出した。

ぎゃあああああ。うおん、うおん。ぎゃあああああ。わんわんわんわんわんわん。

だいぶにぎやかな夜だ。私はまぶたを開きもしない。そのまま眠りの底に落ちていく。

ふわふわした猫を抱いている。

明け方にみていたのは、そんな夢。

猫の声なんか、聞いちゃったせいだな。私にとって、この夢は悪夢。しあわせな気分で過ごして、醒《さ》めれば苦い、悪夢。

取り返しのつかない後悔だけが胸やけみたいに残る、悪夢。

私は桜田《さくらだ》悠里《ゆうり》、十六歳。この春には、高校二年生になった。

でも、進級し、新学期になってから、私はほとんど学校へは行っていない。

*

朝。

七時半にかけた目覚ましのアラームで、私は起きる。

「ううう」

隣りに敷かれた蒲団《ふとん》には、ユリアが寝ている。目覚ましに反応して、低い声でうなっている。

いけない、いけない、起こさないようにしなくちゃ。

私は、アラームを急いで止めて、蒲団からそっと這い出す。

＊

私とユリアが暮らすアパートはふた部屋しかない。奥の部屋には蒲団がずっと敷きっぱなし。

だらしない？　そうかも。

でも、週に一回は蒲団を干すし、カバーだってきちんと洗濯して取り替えている。だらしないかもしれないけど、不潔じゃない。少なくとも私が小学校の高学年になって、掃除洗濯の係になってからは、そうしている。ユリアは掃除も洗濯も嫌いだけど、私は違う。けっこうきれい好きなのだ。

ユリアっていうのは、私の母親。

ママとかおかあさんって呼ばれるのは嫌いなんだって。それで、私は幼いころから、母親のことを名前で呼んでいる。

ユリアは自分の名前が好きなのだ。桜田百合亜。冗談みたいだが、本当の名前だ。

「姓にも名前にも、花が入っている。素敵でしょう？」

ユリアは自慢げに語っている。

「それも桜と百合なんて、豪華じゃない？」

私は逆らわず、合いの手を入れてあげることにしている。

「豪華だ、豪華だ」

「薔薇《ばら》や胡蝶蘭《こちょうらん》には敵《かな》わないかもしれないけどね」

「けど、薔薇や胡蝶蘭だったら、お笑い芸人の芸名みたいだよ」

桜田百合亜だって、だいぶうさんくさいのに、薔薇田蘭子じゃ眼も当てられない。

冗談も度が過ぎて、ぜったいに売れなさそう。

「あたしは花も桜が大好き。百合も好き」

休みの土日、ユリアはたいてい奥の蒲団部屋でだらだら寝っぱなし。おなかが空いたら私に命じてコンビニエンス・ストアで食事とデザートを買って来させ、蒲団の上で食べてまた寝る。

「疲れているんだもの。動けやしない」

言いわけしながら、動かない。そんな疲れきったユリアでも、桜の季節になると、土日は決まって私を連れて近所の公園や川べりへ花見に出向くのだ。相当に桜が好きなんだろうな、とは思う。

「まだ五分咲きだ」

川べりの桜並木の下で、ユリアは呟く。

「このごろは暖かいから、満開は週半ばくらいかな」

「ちょうどいいときに見られないね。来週にはたぶん葉桜になっちゃう」

毎年つき合わされている私も、桜は好きになっている。でも、葉桜は好きじゃない。桜って、葉が生えはじめて花のあいだに緑が混ざると、汚く見える。とたんに価値が落ちちゃうような気がする。

「葉桜もいいよ」

ユリアは言う。

「いいかなあ」

「風情《ふぜい》がある」

「そうかなあ」

「あたしも、若いころは葉桜が嫌いだったよ。葉桜のよさは年齢を重ねないとわからない」

そう言われたら、私は「そうなんだ」と引き下がるしかない。

「花が落ちて、夏は葉が生い茂る。秋になって葉が落ちる。冬は裸木。四季それぞれにいいものよ」

「でも、春はみんなが見に来るけれど、夏や秋や冬の桜を気にするひとはいないよね」

「盛りは短い。けれど間違いなく主役は張った。多くの人間に見向きもされなくなっても、木としての表情は四季折々に豊か。わかるひとにだけわかればいい」

そうなんだ。

「また春になれば蘇《よみがえ》って主役を張る」

そうだ、そうだ。

「本当に素敵よねえ、桜」

ユリアはうっとりと続ける。

「姓を変えたくなかったから、あんたのおとうさんとは結婚をしなかったの」

それは嘘だろ、と思うけれど、口には出さない。

「そうなんだ」

で、流す。ユリアが私の父親と結婚をしないまま私を生んだのは厳然たる事実。その後、父親は私とユリアの人生から姿を消した。いわば歴史上の人物になってしまったのだ。ユリアの言葉を裏づける証拠はなにもないけれど、反論もまたしようがない。つまるところは、なにを言っても無駄である。

さんざん桜を讃《たた》えたあと、ユリアはつけ加えるのを忘れない。

「百合も好きだけどね」

そうでしょう、そうでしょう。

ユリアは自分の名前が好きすぎて、私の名前を悠里とつけた。

「悠里」

「なに?」

「ユーリ」

「だから、なに?」

「本当にいい名前よねえ、悠里」

なんて、嬉しそうに言っている。用もないなら呼ぶなよ、と言いたいけれど、言っても無駄なのだ。

「好きなものは好き」

という、もっともなような、わけがわからないような理屈で、ユリアはまた用もないのに私を呼ぶだろう。

けっきょく、自分が好きで、自分を肯定して生きている。ユリアはそういう人間なのだ。ユリアは、娘というより、自分の分身が欲しくて、自らの名前を私に分けたのかもしれない。

「そんなわけないでしょう。ユーリは娘。あたしとは別の人間。当たり前の話じゃないの」

それを言ったら、ユリアには笑い飛ばされたけれど。

「でもさ、私の名前、自分の名前から取ったんでしょう? 自己愛の延長だ」

「自己愛は否定しない」

ユリアはそのへん素直だった。

「あたしはあたしが好きだ」

「だよね」

「でも、ユーリはあたしの自己愛の延長じゃないし、結果でもない。同じ木に咲いたって、去年の桜と今年の桜は別の花だよ。あんたはあんたの人生を生きて、あんたのしあわせをつかみ取らなきゃ駄目なの」

まあ、そうだよね。わかってはいる。

私の人生。私のしあわせ。つかみ取るにはどうすればいいか。具体的にはわからない。わからないうちにはじまってしまっている、私の人生。

学校へも行かない。友だちもいない。先の予定はなにもない。とりあえず今日一日を生きるだけ。

予定は真っ白、空白ばかりがひろがっている、私の人生。


ユリアは、夜の繁華街のいわゆる「飲食店」で働いているのだが、お店でも源氏名は使わず本名で通している。勤務時間は夜の八時から深夜二時。出勤のときは電車で行って、帰りはタクシー。

「お客に送らせた」

という場合もあるけれど、

「お店からうちまで、深夜料金でも三千円かかるかどうかだもの。自腹で出せるわ。そのぐらいは稼いでいるよ。はははは」

と、たいがいは豪快に笑っていた。

「木村《きむら》ちゃんにも稼いでもらわなきゃならないしさ」

木村ちゃん、というのは、ユリアがごひいきにしている個人タクシーの運転手さんだ。自前で帰るときは必ず木村ちゃんを呼ぶことにしているらしい。

ちょっと前まではそれが当たり前だった。

でも、このごろでは終夜営業のファミリーレストランや喫茶店で時間を潰してから、始発の電車で帰ってくることが増えたみたいだ。

「世の中、不景気だからねえ」

ユリアは、そうこぼしている。

「木村ちゃんにもだいぶご無沙汰だ。申しわけないねえ。みんな、不景気が悪いんだ。政治が悪いんだよ」

うん、そうかも。

でもね、政治とか経済とか、そういう社会一般の問題じゃない気もするんだ。そんなことは、私が成長するにつれ、年々わかってきている。

以前のように稼ぐのが、ユリアには厳しくなってきた。

満開の時期は過ぎて、葉桜になってしまった。そういうことだ。

＊

とにかく、働き手であるユリアは朝帰りで、お疲れだ。休んでいてもらわなければならない。

蒲団部屋を出て、引き戸を閉める。

テーブルの上には、がまぐちが置いてある。白い猫の絵が描かれた、ビニールレザー製のピンクのがまぐち。中身は二千円きっかり。それが今日一日の私の生活費なのだ。

ユリアは、朝はもちろん昼間も寝ている。そして夕方に出勤する。私は私、ユリアはユリアで食事は別々に摂《と》る。

朝も昼も夜も、別々。

ずうっと昔から、そうして暮らしている。

洗面所で顔を洗って、歯を磨く。寝間着にしているジャージの上に薄手のダウンコートを引っかけて、私は外へ出た。五月とはいえ、朝の風はまだ冷たい。

向かったのは、お弁当屋である。アパートを出て、路地から大通りに出て、右折してすぐ左折。曲がったところで、私は足を止めた。坂道の下にある、小さなお弁当屋さん。その店の前に、猫が座っている。茶色と白の大きな猫だ。

厭だな。どうしよう。

迷ううち、猫はすっと立ち上がって、お弁当屋さんと隣のビルの隙間に入っていってしまった。ほっと息をついて、私は歩き出す。

私は猫が苦手なのだ。

嫌い？　いいや、そうじゃない。

嫌いじゃない。だけど、猫とは関わりたくない。関わってはいけない。そう決めているのだ。

二

五月の空は薄曇りだった。

お弁当屋さんには、今日もおじさんの姿はない。女のひとだけだ。

＊

お弁当屋さん。

店の名前、何て言ったたっけな。覚えていない。

私は、いつもそのお店で朝食兼昼食を買うことにしているのである。たまには浮気をするけれど、たいていはのり弁当を買う。

白身魚のフライが一切れと、ちくわの天ぷらが一本。ひと口ぶんのきんぴらごぼうとたまご焼き。そのうえ、何と、鶏《とり》のからあげ一個までついている。おかずの下には海苔《のり》が敷かれ、醤油とおかかが効いたごはんがみっしり。それで三百円なのだ。ひとつ食べれば夕方までおなかが空かない。お得すぎる。しかもこのお店のお弁当、とてもおいしい。

ユリアは料理をしない。買って来たパンを袋から出してトースターで焼くとか、お惣菜を電子レンジで温めるとか、そのくらいはするけれど、丸ごとの大根を切ってぶりのあらと煮込むとか、小麦粉をバターで炒《いた》めてホワイトソースを作るとかは、いっさいしない。よって、私は「母の味」を持たない。

このお弁当屋さんの味こそ、私にとっての「母の味」に当たるのかもな。ずいぶん昔、小学生のころからこのお店のお弁当を食べ続けているのだもの。

それ以前はなにを食べて生きていたのか、忘れてしまった。そのくらい、私はこのお店の味に馴染んでいる。そして、馴染んでいるくせに、店名すらいまだに知らない。

「でも、へんなお弁当屋さんだよね。軒先の庇も内装も、まるでケーキ屋さんみたい」

そのくせ、ショーケースの向こうにいるのは、四角い顔で眼つきの鋭い、ごついおじさんなのだ。

「あのお店、昔は和菓子屋さんだったのよね」

ユリアが言っていた。

「このアパートに暮らしはじめたころ、悠里がまだ二歳かそこらのとき、一度だけ草もちと大福を買った」

「おいしかった？」

「微妙。あんこがしょっぱすぎた」

「そうなんだ。残念」

塩辛いあんは食べたくないな。

「そのあとで、殺人事件があったのよね」

「殺人？」

私は驚いた。

「和菓子屋で？」

「和菓子といったって、作っているのは人間だもの」

ユリアはしかつめらしくのたまった。

「どろどろした男女関係がからんだ、かなり陰惨な事件だったと思う。TVのニュースでもとり上げられていたし、週刊誌ネタとしてもけっこう騒がれていたんじゃないかな」

「和菓子屋で？」

私は繰り返した。街なかにある和菓子屋さんって、たいていは落ち着いた雰囲気で、店内は静か。店員さんも事務服みたいな地味な服装で、品がいい。例外はあるかもしれないが、そんな印象。殺人事件が起こる舞台として意外すぎる。

「お店で働いていたの、どんなひとたちだったの？」

「よく覚えていないけど、若くはなかった。おじいさんとおばあさんじゃなかったかな」

「おじいさんとおばあさん？」

私はますます混乱した。昔むかし、おじいさんとおばあさんが住んでいました。まあ、って、日本昔ばなしじゃないか。それがどうして殺人事件になるんだろう。

『かちかち山』とか『瓜子姫《うりこひめ》とあまのじゃく』あたり、確かに殺人がらみの話もあったけどさ。に、してもだ。

「おじいさんとおばあさんで、どろどろした男女関係？」

ユリアはふふんと鼻を鳴らした。

「そこらへんはあんたにはわからない大人の世界ってものよ」

私はここでも「そうなんだ」としか言えなくなるのだった。わからんよ、大人すぎて。

「あのあんこの味も事件の遠因かもね。しょっぱすぎた」

そんなわけはないだろう。

「今のご主人、その事件に関係があるのかな」

「あるかもね。あのおじさん、三、四人は殺していそうな面構えだもの」

朝から夕方まで寝ているユリアは、お弁当屋さんをほとんど利用しないくせに、いい加減なことを口走る。

「おじいさんとおばあさんと、あのおじさんが三角関係で、そのもつれから事件が起きたとしても、あたしは驚かない」

「ちょっと待って。それはさすがに、私が驚く」

「あのおじさんが犯人で、更生してお弁当屋をはじめたとしても、おかしくない」

「おかしいよ。人殺しをしたら、少なくとも十年くらいは刑務所に入っているものじゃないの。私が二歳のころに草もちと大福を買ったということは、あのお弁当屋さん、和菓子屋の時代から何年も経たないうちに開店しているはずでしょう」

そう、私が小学生になったくらいで、お弁当屋さんはすでにお弁当屋さんだった。

「模範囚ではやく出てこられたのかもよ」

ユリアはあくまでいい加減だった。

「重い罪を背負いつつ、毎日毎日、黙々と弁当を作り続けるおじさん。映画みたいよね」

勝手に映画にしているのはあんただよ。思いつつ、私は話の矛先を変えた。

「にしても、あの店、もと和菓子屋って感じじゃないよね」

薄黄色の庇《ひさし》も、白い内装も、ガラスのショーケースも、どう見てもケーキ屋なのだ。

「そりゃ、改装はしているよ。血まみれの現場だったんだよ。直さなきゃ使えないでしょう」

そうかも。でも、ケーキ屋なんだよね。

「ケーキ屋だった時期があったのかな」

「覚えていない。開店して、すぐにつぶれちゃったんじゃないの？　クリームがしょっぱすぎたのかも」

食べものへの恨み、ユリアもけっこうしつこいのだった。

＊

お弁当屋さんは、このごろ少し変わってしまった。

お店のご主人がいなくなっちゃったのだ。そして、おじさんの代わりに、女のひとが奥の厨房《ちゅうぼう》からショーケースの後ろに出てくるようになった。

「いらっしゃいませ」

女の店員さんが、私を迎える。

「のり弁当をひとつ」

いつもの定番を、私は頼む。

＊

「あのう」

おじさんの姿が見えなくなって、一週間もしたころ、私は訊いてみた。

「いつものご主人、どうかされたんですか」

「病気で入院中なんです」

女の店員さんは、眉間にくっきりしわを寄せて答えた。

「病気？」

「ええ、病気なんです」

店員さんは眼を伏せてしまった。眉間のしわはいっそう深くなっていた。どんな病気なのか、回復まで長くかかりそうなのか、詳しいことは突っ込んで訊《たず》ねちゃいけない感じ。

病気は重いのかな。おじさん、とはいえ、もうだいぶおじいさんだった。治るのかな。治っても帰って来られるのかな。そのまま死んじゃったりしないかな。

私は、いろいろ心配だった。

ひと好きがするとはいえない、眼つきの鋭い、ユリアに言わせれば「三、四人は殺していそうな面構え」のおじさん。だけど、実のところ、私はおじさんが好きだったのだ。けっこういろいろ話もしていた。何といっても、もう十年くらいの常連だもの。

「おつり、七百万円ですよ」

とか、真顔で言うのがおかしかったし。

「今日はのり弁じゃないんですね？」

なんて、訊いてくれたりもする。

「飽きましたか？」

おじさんの言葉遣いや態度は、十年のあいだ変わらない。私が小学生のときも、子供だからって、馴れ馴れしくぞんざいな口の利き方はしなかった。あくまで丁寧な言葉を使ってくれた。

そういうところ、悪くない。一目置くに値《あたい》する大人だと思う。

「飽きてはいません」

だから、私も、丁寧な言葉で答えた。

「たまたま、ほかのおかずも食べたいな、と思ったんです」

「そうでしたか。ありがとうございます」

おじさんも、あくまで礼儀正しかった。

「ここのお店のおかず、とてもおいしいですから」

私も礼儀正しくお世辞を言う。お世辞じゃなくて本当にそう感じてはいるんだけど、おじさんに向かって真正面から褒めたのは、だいぶお世辞の気分が入ってはいた。

「ありがとうございます」

おじさんは深々と頭を下げた。

「のり弁も、つけ合わせは多少変えているんですよ」

「ですね」

毎日、のり弁を食べてしまう理由は、実はそれだった。きんぴらがれんこんになっていたり、たまご焼きが煮卵になっていたり、鶏のから揚げがひと口サイズのじゃがいもコロッケになっていたりするのである。楽しみだったのだ。

「つけ合わせはあまり変えないで、いつも同じにしておいて欲しいってお客さんも多いんですがね」

おじさんはにこりともしないで言った。

「大人たちはそれでよくても、子供さんは飽きるんじゃないですかね」

あ、と気がついた。おじさん、ひょっとしたら、私のことを考えて、つけ合わせに変化をつけてくれていたのかな。

「今日はハンバーグ弁当にします」

「おつり、五百六十万円です。ありがとうございました」

お礼なら、私も言いたかった。顔はごつくて怖いけど、根はやさしいおじさんなのだ。

ありがとう、おじさん。

死なないで欲しいな。

＊

おじさんがいなくなってからは、のり弁のつけ合わせに、ちょっとした変化はなくなった。

きんぴらごぼうとたまご焼きと鶏のからあげ。それはそれでおいしいし、安心安定のお味ではある。

だけれど、でも、やはり、ちょっと物足りなくは、ある。

ショーケースからお弁当を取り出しながら、店員さんが言った。

「ポイントが貯まりました」

「ポイント？」

思わず訊き返してから、気がついた。

毎日、無意識のうちに、お金と同時に、この店のポイントカードをがまぐちから出していたのだ。どのくらい貯まったのか、ぜんぜん気に留めていなかった。

「お好きなお茶かお水を一本、持って行ってください」

店員さんは、脇の冷蔵ケースを指さした。

「好きなお茶かお水、かあ」

あまり見かけないラベルのペットボトルに入った日本茶とウーロン茶と天然水が並べられた冷蔵ケース。言っちゃ悪いけど、飲みたくない。そういえば、このお店に通ってずいぶん長いのに、飲みものを買ったことはなかったな。飲みものは、坂の途中にあるコンビニエンス・ストアで買っていた。

好きなお茶、なさそうだな。

でも、断るのも悪いよなあ。

「このお茶にします」

日本茶のボトルを一本、私は渋々取り出した。

「あと、こちらもお持ちください」

店員さんは、小さな紙袋を私に差し出した。

「何ですか？」

「おまけです」

店員さんの眼尻が、ほんの少しだけ下がって、やさしくなった。

ほんの少しだけ、笑っていたみたい。

私は店を出て、歩き出す。

お弁当屋の前の坂道を上っていく。アパートへはしばらくのあいだ帰らないつもり。外でお弁当を食べよう。今日の予定は、食べながら考えよう。

午前八時。私は今日も、学校へは行かない。

最初から、行ったふり、さえする気がなかった。コートの下は寝間着のままだもの。

三

坂を上りきると、ビルの谷間に公園がある。

私は、公園に入って、ベンチに腰をかけた。

広くもない、あまり日も差さない公園。私しかいない、水曜日の午前八時の公園。ベンチの傍では、ついこの間まで、白木蓮が花を咲かせていた。今はもう葉ばかりだ。

私は、膝の上でのり弁当を開けた。あと一時間もすれば、近所の保育園から保育士さんに連れられた園児たちがやって来てにぎやかになる。よく知っている。その昔、私が通っていた保育園なのだもの。顔見知りの保育士さんはすでに誰もいないけれど、うしろめたい気分にはなる。園児たちが来るまでには食べ終わって、場所を移動しよう。

移動して、どうする? 決めていない。成り行き。駅裏のマンガ喫茶にでも行くかなあ。先の予定は真っ白。いつものことだ。

平日の午前中、学校にも行かずぶらぶら遊んでいる。どこから見ても不審者だな、私。

普通の人間ができることが、私にはできない。普通になれない、落ちこぼれ人間。

保育園に預けられていたころから、私はこうだったのかな。

ちくわ天に齧《かじ》りつきながら、考える。

こうだった。間違いない。お友だち、できなかったものなあ。いつもぽつんとひとりぼっち。誰とも打ち解けようとしない。私はそういう園児だった。どうにか高校生にはなったが、今も同じだ。

お弁当屋さんのおじさんとも、そんな話をしたことがあったっけ。

＊

「学校が嫌いなんですか？」

おじさんが訊ねてきたのは、去年の夏ぐらいだった。私が学校へ行かずふらふらしていることに、おじさんは気づいていたのだろう。

「嫌いです」

私は答えた。

「私も、好きじゃありませんでしたよ」

おじさんは、言った。

「みんなと一緒、集団行動というやつが苦手でしてね」

「集団行動、厭ですね。前へならえ、整列して行進するの、すごい苦手です」

「一時間、席について、おとなしく先生の話を聞いているのも苦手でした」

「わかります。すごくわかります」

「吐き気がして来ますね」

「私は、実際に教室で吐いちゃいました」

おじさんはまじまじと私の顔を見返した。

「げろですか」

「げろです」

「つらいですね」

おじさんの声音には同情があふれていた。

「つらかったです。それで、よけいに学校へ行くのが厭になっちゃったんです。また、みんなの見ている前で、げろを吐いちゃうの、怖いですもん」

どうか、今日は一日、気持ち悪くなりませんように。

どうぞ、今日も一日、吐きそうになりませんように。

念じて、毎日毎日、過ごしていたのだ。学校は、少しも楽しくなんかなかった。

「給食の時間はどうでした？」

おじさんに訊かれて、私は即答した。

「嫌いです」

「おなかは空きませんでしたか？」

「まったく減りませんでした。ひと口でも食べたら気持ちが悪くなっちゃうかもしれない。恐怖の方が強かったんです。だから、ほとんど口をつけないで、残していました」

「それも、つらい」

おじさんは首を横に振って、しみじみと言った。

「つらいですねえ」

「学校へさえ行かなければ、ちゃんとおなかが減るんです」

だからこそ、のり弁も楽しくおいしく完食できるのだ。

「学校へさえ行かなければ、毎日が快適です」


それでも、小学校低学年のあいだは、辛抱していたのだ。学校へ行ったふりをして、行かないようになったのは、小学校の四年生くらいになってからだった。

「風邪で休みます」

「おなかをこわしたので休みます」

「熱が出たので休みます」

と、はじめのうちは学校に連絡も入れていたけれど、中学二年生の二学期くらいからはそれもしなくなった。無断欠席。もちろん、担任から問い合わせがあって、ユリアにもばれた。

「ユーリ、学校を休んでいるんだって？」

「うん」

「いじめられているの？」

「違う」

じゃあ、どうして学校に行きたくないの？

訊かれたら、ユリアにうまく説明できる自信はなかった。

友だちはいない。友だちを作らなければいけない理由もわからない。年齢が同じというだけの、親しみも感じない他人。そんな大勢の他人と一緒に、同じ箱の中に入れられて、同じ空気を呼吸する。

そのことが苦痛なんだ。吐きそうになるんだ。

「いじめられているわけではないのね」

でも、ユリアは深く詮索はしなかった。

「ユーリ、お願い」

「なに」

「無理に学校へ行け、とは言わない。けど、高校だけは卒業してちょうだい」

何だそりゃ、だった。それって、無理に学校へ行け、ってことじゃないか。矛盾しているよ、ユリア。

しかし、ユリアに逆らうだけの理屈も根拠も持たない私は、けっきょく流された。ひどい成績でも合格できた最低ラインの公立高校に入学し、同じクラスの生徒の名前も顔も覚えていないまま、ぎりぎりの出席日数で二年に進級した。

さすがに気分が悪くなったら「体調がおかしいので保健室へ行かせてください」ぐらい言えるようになったし、衆人環視の中で吐いちゃう恐怖はもうないけれど、それでも学校は好きになれない。行かないで済むなら、それに越したことはない。

高校だけは卒業してちょうだい、か。厳しいなあ。

わかっている。学歴は必要、ってことなんだよね。親心だよな。わかってはいるよ、ユリア。

ユリアは、正しいときは正しい。私よりは大人だ。わかってはいるんだ。

だけど、私は、どうしても馴染めないんだ、学校ってやつに。

「集団行動、というより、私は、人間自体が苦手みたいです」

「でも、こうして話はできるじゃありませんか」

「おじさんだからです。おじさんのことは何年も前からずっと知っているし、ちょっとずつ言葉を交わすようになっていって、現在がある」

おじさんは、話すときはちゃんと丁寧な言葉を使ってもくれるし、無理に距離を縮めもしない。だから安心できるし、話もできる。

「けど、私、友だちってよくわからない」

なぜ、知り合ってすぐの相手と仲良くなれるのだろう。すぐに馴れ馴れしくお互いを渾名で呼び合って、手をつないだり抱きついたりできるのだろう。

ぜんぜんわからない。

正直いって、気持ちが悪い、くらい。

「友だち、って、確かに妙な存在ですね」

おじさんは、考え考え腕を組んだ。

「小学生、中学生、高校生、大学生。それぞれありますけど、思えば不思議ですね。お互いにほとんど未知だといっていい相手を、なぜか『気が合う』『友だちだ』と認識する。そこからはじまるわけですからね。毎日毎日、親しく話してべったり一緒に行動する。いつも一緒だから、共通の話題はいよいよ増えて、親しさはさらに増す。けど、クラスが替わったり、卒業したりしたら、『気が合う』感じは何となく薄れていって、やがて行き来もしなくなる。疑問もなく結んで、深めて、やがてその結び目はほどける。お客さんの言うとおりだ。確かによくわからない」

おじさんは首を傾げながら、語り続ける。

「今、お客さんが感じている疑問は正しいんですよ。友だちって、時間の成果なんです。長い長い時間、ときに親しく、ときに疎遠で、でもやはり会いたいし、会えば楽しい。そんなつかず離れずの時間を含めて過ごしていって、結果として大事に思える。そういう相手が真の友だちなんですね。少なくとも、私はそう思います」

私も、こっくりと頷いていた。

「ただね、ひとときだけをともに楽しく過ごして華やかに解散、っていうのも、それはそれで友だちには違いない」

「ええええ」

わたしはうめいた。

「学校という場で過ごすには、そういう『友だち』が不可欠です。が、お客さんにはその関係は肌に合わないんでしょうね」

「そうなんです」

ずっと言いたくて言えなかった、言葉にしきれなかったことを、おじさんが言ってくれた感じだった。

「そっち、私には必要ないんです」

知らない相手に、無理をして合わせたくはない。ひとときの友だちなど、欲しいとは思えない。

「でも、まずはつき合ってみなければ、先々どうなるかはわかりませんよ」

「だるい」

私は思わず言っていた。

「だるいです。そんなの。話し相手なら、私にはユリア、母がいるし、それでじゅうぶんです」

「友だちも、犬や猫も、最初のとっかかりは似たようなものなんですよ」

「え?」

一瞬、私はあっけに取られた。犬や猫って。

「犬や猫を見て、可愛《かわい》い、と思うでしょう?」

「はあ」

私は肯定せざるを得なかった。

「可愛い、と思う。そばに寄って、手を差しのべる。逃げなければ、そっと頭を撫《な》でてみる」

わかることは、わかる。しかし聞いている私はぞわぞわと不安感が高まる。

そのたとえは、やめて欲しいな、おじさん。犬はともかく、猫はきついんだ。

「人間も同じです。いいなあ、と思う。そばに寄って、声をかけてみる。逃げなければ、そっと」

「頭を撫でるんですか」

「そんな真似《まね》をしたら警察に通報されます」

おじさんは真顔で返した。

「そっと話を続けて、相手の出方を確かめるんです。そうしていい感触が得られたら、暫定的な友情のはじまりです」

「だるい」

私は、言ってしまった。

「ですかねえ」

おじさんは、いくぶん落胆したようだった。

「学校へ行って、暫定的な友情を求めるより、職を探した方がいいのかなと、最近では思います」

高校に進学してから、漠然とだけど、ずっと考えていることだ。

働けばいいんだ。お金が入るし、ユリアも助かる。無理して終夜営業の店で粘らなくても、木村ちゃんのタクシーを呼ぶくらいの余裕はできるだろう。一石二鳥。

しかし、問題はユリアがいいと納得してくれるかどうか。

高校を卒業してから働けって言いそうだなあ。言うなあ。

「でも、学校はともかく、仕事をするなら、他人との関わりは避けられませんよね」

「そうだ。その方がお客さんには合っているのかもしれないな」

おじさんは、ほっとした風に身を乗り出した。

「職場の人間関係は、お互いさほど踏み込まないのが基本ですからね。友だちにはならなくても、意思の疎通ができればいい。そうした関係なら、お客さんもげろを吐きそうにはならないかもしれない」

「そうですね」

私も救われた気分になってきた。

「そういえば、この坂の上の猫カフェで、アルバイトスタッフを募集していましたよ」

おじさんは、なにげなく口にした。

「猫」

私は顔色を変えたと思う。

「猫は駄目です」

「嫌いですか」

「嫌いじゃないけど、駄目なんです」

「ああ」

おじさんは勝手に得心したようだった。

「私の死んだ奥さんもそうでしたよ。猫は大好きなんですがね。触ると涙と鼻水とくしゃみが出る。体質なんですね」

違う。私の場合、アレルギーってわけじゃない。おじさんの死んだ奥さんとは違う。

だけど、私は敢《あ》えてなにも言わなかった。

＊

のり弁当は今日も完食した。おいしかった。

日本茶も半分ほど飲んだ。まずくはない、微妙な味だった。

私は、店の女のひとにもらった紙袋を開けてみた。

「あ?」

声が出た。

「なに、これ」

入っていたのは、猫のエサ。ドライフードの小袋だったのだ。

「どうして、こんなものが入っているわけ?」

よりによって、この私に、猫のエサ。あんな風に笑いながら手渡しておいて、お菓子でもくれたのかと思いきや、猫のエサ。

馬鹿にしていやがる。

「要らん」

すぐさま棄てたかったけど、この公園にはゴミ箱がないのだった。畜生。立ち上がりかけて、息を呑んだ。

猫だ。

「にゃあ」

ベンチの下。

私の足もとに、猫が来ていた。

＊

駄目だ。

猫には関わらない。

ずっと前にそう決めたんだ。そう、もう六、七年も前、小学生のときに。

離れよう、すぐに。

＊

だけど、私の足は、動かなかった。

「にゃあああ」

猫は、私のふくらはぎに身をすりつけている。ふわふわした三毛猫だ。頭に薄茶とこげ茶がまざって、鼻がピンク。背中に薄茶、手足の白い三毛猫。

みいちゃんに似ている。そっくりだ。

私が見棄てた、みいちゃん。

＊

そうだ、あのときも、私は公園にいた。

といっても、この公園じゃない。坂の下、地下鉄の駅のそばにある小公園だった。

そこで、私はみいちゃんに会った。

みいちゃん。私がその猫につけた名前。

ひどくやせて、よれよれしていたみいちゃん。ピンクのがまぐちからお金を出して、スーパーマーケットでみいちゃんにエサを買った。

ドライフードの小袋。そうだ、さっきお弁当屋でもらった、あの小袋。

「みいちゃん」

呼ぶと、みいちゃんは公園の、沈丁花の茂みから出て来た。エサをあげるようになったから、みいちゃんは私に慣れてくれたのだ。ドライフードの小袋は、クローゼットの引き出しに隠しておいた。

ユリアには、内緒にしておいた。

「うわあ」

ユリアは猫が好きだった。テレビ番組に猫が出てくると、決まって黄色い声を上げた。私のがまぐちも猫柄だし、化粧ポーチも猫のイラストのものだ。

「ああぁ」

街を歩いていて、猫を見かけると、立ちすくんで黄色い声を上げた。そしてしゃがみ込んで、さらに黄色い声を出すのだ。

「にゃあちゃん、猫ちゃん、こっちへおいで」

たいていの場合、猫は警戒して寄ってこない。そそくさと不気味そうに去っていく。ユリアは名残り惜しげに見送る。

「ああいう、つれないところがいいのよねえ、猫は」

溜息をつく。

「猫が飼いたいなあ」

ユリアと私が住むアパートは、ペット飼育禁止だった。

「引っ越そうよ」

私は言った。

「そうだね。お金を貯めて、ペット飼育可の物件へ引っ越そう」

ユリアも、口ではそう言う。そしてそのまま、引っ越し話は夢のまま終わるのだ。たぶんお金が貯まらないのだろう。やむを得ない。

だから、私も、みいちゃんを連れ帰ることは最初から考えなかった。ユリアは確かに猫好きだったけど、きつく注意をされてもいたのだ。

「飼えないんだから、外の猫にエサをあげたりしちゃ駄目だよ。責任を持てないことは、しないようにね」

「責任って？」

私は首を傾げた。わかっていなかった。

「一生、面倒をみて、一緒にいてあげる。それが責任を持つってこと」

言われていたのに、そのころの私にはまるでわかっていなかった、のだ。

みいちゃんと仲良くなりたい。なついて欲しい。それだけしか考えられなかった。

人間と仲良くなりたいとも、好かれたいとも思えないくせに、みいちゃんには好かれたかった。みいちゃんは可愛かった。可愛くてたまらなかった。

「ふとって来たね、みいちゃん」

私は喜んでいた。

「ごはんをちゃんと食べているからだね。よかった」

私は喜んでいた。本当に気がつかなかったのだ。

馬鹿だった、小学生の私。


「みいちゃん」

ある日、みいちゃんは、茂みからなかなか出てこなかった。

「みいちゃん」

「にい」

か細い声がした。

いつものみいちゃんの声じゃない。かすかな声。

「みいちゃん？」

私は茂みの中を覗いてみた。そして、眼を見張った。

みいちゃんは、そこに寝ていた。私を見返して、動けないようだった。

「みいちゃん」

返事をしたのは、みいちゃんじゃなかった。

「にい」

眼も開いていない、子猫だった。

みいちゃんは、子猫たちをおなかに抱えていたのだ。

みいちゃんは、妊娠していたんだ。

私は、子猫たちを見ても、可愛いとは思わなかった。

まずい。

そう思ったのだ。

気がつかなかった。けれど、同時に、ユリアの言葉がまったくわかっていないわけでもなかったのだ。

野良猫にエサを与えてはいけないこと。責任も取らないのに、場当たり的に世話をするふりをしてはいけないこと。

ユリアは、正しいときは正しいのだ。

みいちゃんだけなら、ごはんを与えてあげられる。でも、何匹も何匹もは、無理だ。みいちゃんはこれから先も子供を生むだろう。みいちゃんだけじゃない。その子供たちも、その子供たちも。

無限だ。どんどん増えていく。

算数は得意じゃなかったけど、それくらいのことは私にも想像できた。

私は、その場から逃げ出した。

「にゃあ」

はっきりと、みいちゃんの声が、耳に届いた。

みいちゃんは、おなかが空いているだろう。いつもどおり、ごはんが欲しいだろう。赤ちゃんたちにお乳を与えて、おなかが空かないわけがない。私を待っていたはずだ。これからもずっとごはんをくれることを期待しているはずだ。

「にい」

か細い声も追って来た。赤ちゃん猫の声。

「にい」

「にい」

私は、逃げた。

そのとき持っていたドライフードの小袋は、帰り道で棄てた。アパートのクローゼットに隠してあったフードも、生ゴミ入れの奥に突っ込んだ。

駅のそばの公園には、近づかないようにした。

あれきり、一度も、私はあの公園には足を踏み入れていない。

私は、逃げたのだ。

みいちゃんと、その子供たちが、どうなったかはわからない。

四

「にゃあ」

三毛猫は、私を見上げて、啼《な》いた。

「にゃああ」

ごろごろ、ごろごろ、咽喉を鳴らしている。ふくらはぎに背中をこすりつけて来る。甘えている。

「みいちゃん」

私は、呟いた。

「駄目だよ、みいちゃん」

私に甘えちゃいけないよ。あの日、私は、みいちゃんを棄てて逃げたのだ。みいちゃんだけじゃない。赤ちゃんたちの命まで見棄てて、逃げたのだ。

私は、普通になれない、落ちこぼれ。そのうえ、人間の屑《くず》なんだよ。

「みいちゃん」

離れた方がいい。離れてよ。

「みいちゃん」

違う。みいちゃんじゃない。みいちゃんはきっと死んじゃっただろう。みいちゃんのはずはない。

お願いだから、離れて。どこかへ行ってしまってください。お願い。

「みいちゃん」

お願い、離れて。

私は、ベンチに座って、三毛猫のやわらかいぬくもりをふくらはぎに感じたまま、動けずにいた。

「こいつはそんな名前じゃないよ」

すぐ横で、声がした。

「のん子だ。ちゃんと呼ばないと、言うことは聞かないよ」

私は眼を上げた。ベンチのすぐ脇に、男の子が立っている。

「ただでさえ、ひとの言うことなんか、ほとんど聞きやしないんだ、のん子は」

男の子は、口を尖《とが》らせた。

「おかあさんの言うことなら、ちょっとは聞くけどね」

「この子は、あんたの猫なの？」

「そう」

男の子は頷いた。

「おれんちの猫」

男の子は、小学校五、六年生だろうか。細くて小柄だけど、声はかなり野太い。もうちょっと上くらいかな。しかし、どうして水曜日のこんな時間にこんなところにいるのだろう？

いや、私も、他人のことは言えない、不審者なんだけどね。

「あんたは中学生?」

とりあえず訊いてみた。

「そう、このあいだ入学したばかり」

「今日、学校はどうしたの?」

「開校記念日で休み」

打てば響く、なめらかな返事だった。じっくりと顔を見返すと、男の子はにやにや笑いだした。

あやしいな。

開校記念日、ねえ。嘘かもしれない。

「そっちこそ、学生だろ。学校はどうした?」

男の子がやり返して来た。

「開校記念日なんだよ」

私も負けずに言い返した。

「嘘だろ」

男の子は声を上げて笑い出した。

「あんたこそ」

何だろう、この感覚。

私は、男の子と話していて、今までにない感覚を覚えていた。

楽しい。

ひょっとしたら、これが、お弁当屋のおじさんが言っていたやつなのかな。

最初のとっかかり。話を続けて、相手の出方を確かめる。いい感触が得られる、ってやつ。

こんな齢下の小僧だけど、こういうこともあるんだ。

そばに寄って、話しかけさえすれば、相手には出会えるってことなのかな。

「のん子」

私の脚にからみついていた三毛猫を、男の子が抱きかかえようとする。三毛猫はするりと身をかわした。

「こいつ」

舌打ちをしながら、男の子が腕をのばす。

「にゃああ」

三毛猫は身をよじりながら、男の子の両腕に抱え込まれた。すごく厭そう。

「捕まえた」

得意げに言った、次の瞬間、男の子は顔を歪《ゆが》めた。

「痛てて」

「どうしたの」

「腕に爪が刺さっているんだ」

三毛猫は眼をきらきらさせていた。

「おとなしくないんだよ、こいつ。おれの言うことはぜんぜん聞かない。今日だってそうだ。外には出さないようにしているのに、逃げちゃってさ」

「おうちの中だけで飼っているの。その方が安全だよね」

「植木に水をやるんで、おばあちゃんが網戸を開けたら、その隙にぱーって飛び出しちゃった」

男の子はいまいましげに三毛猫の頭を小突いた。三毛猫の眼がまた光る。

「痛ててて」

爪はいっそう深く刺さったようだ。

「で、追いかけて来たんだ。無事に捕まえられてよかったね」

「よかった」

男の子は頷いた。

「以前は外猫だったから、よく脱走するんだよ、のん子。たいがい数時間で帰っては来るんだけどね。その数時間のあいだ、交通事故にでも遭いやしないかって、家族はみんな心配するしさ」

「外猫だった？」

私はどきりとした。

「そうだよ。おれが子供のころ、子猫と一緒に拾ったんだ」

今だって大人とは言えないだろうが。思いはしたが、それどころではなかった。

「拾った？」

私の心臓はばくばくと高鳴っていた。

「子猫も、一緒に、拾ったの？」

「おとうさんが、子猫四匹と、のん子を拾って来たんだ」

私の内心など知る由もなく、男の子はどこか自慢げに話を続けた。

「駅のそばの公園にいたのを見つけたんだってさ」

心臓が口から飛び出しそうだ。駅のそばの公園だって？

「その夜、おとうさんはだいぶ酔っぱらっていたみたい。おとうさんはさ、酔うとすぐなにか拾って来ちゃう癖があるんだ。一度なんか、めずらしいひとを連れて来たぞーって大声で言いながら帰ってきて、おかあさんが玄関で出迎えたらカーネル・サンダースが立っていた」

私は唖然《あぜん》とした。

「カーネル・サンダース？」

「駅前のケンタッキーフライドチキンの店先から連れて来ちゃったんだ。びっくりだよな。ずいぶん重かったのに、よく引きずって来られたよなあ。学生のころは相撲《すもう》部に入っていただけあって、おとうさんの力はすごいんだよ」

自慢にならない。窃盗じゃないか。

「寂しそうな子を連れてきた、と言って、薬局の軒下《のきした》から象のサトちゃんを拉致《らち》して来たこともあった」

だから、窃盗だよ。

「もちろん、どちらのときもすぐにお店に謝って、ちゃんと返したよ。おとうさんは、酔うと眼に入るみんながみんな寂しそうに見えちゃって、連れ添わなくてはいられない気分になっちゃうらしい」

「おもしろいおとうさんだね」

「おもしろいよ。おかあさんはめちゃくちゃ怒っていたけどね」

私はいくぶん焦《じ》れていた。おとうさんやカーネル・サンダースやサトちゃんについてはどうでもいい。猫の話の続きが聞きたい。

「それで、拾った猫たちは、どうなったの?」

「子猫のうち、二匹はもらわれていった。町内に外猫の面倒をみている保護団体があるじゃない? そこに頼んで譲渡会に出したんだ」

「知らない」

私は呟いた。

「そんな団体、あるの?」

猫の保護団体があったことを、あのころの私が知っていたら。

「三丁目で猫カフェを経営しているオーナーさんが主宰しているんだ。町会の掲示板によく譲渡会の貼り紙が出ているよ」

男の子は公園の入口を指さした。

「そこにも掲示板があるだろう。今月も出ている」

「知らなかった」

私は、ふたたび呟いた。あのころ、小学生の私が、それを知ってさえいたら、そのひとたちに相談ができた。みいちゃんや子猫たちを棄てて逃げなくてもよかったのだ。

「あとの二匹はどうしたの？」

「うちにいる。本当は四匹ぜんぶもらってもらうはずだったんだけど、情が移っちゃって手放せなくなったって、おかあさんが言っていた」

「そうなんだ」

安堵。

胸のうちに、じんわり拡《ひろ》がる、安らぎ。

「最初、おとうさんが拾って来たときは、おかあさんも迷惑がっていたんだ。もともとは犬が好きで、猫は好きじゃなかったみたい」

「そうなんだ」

「でも、今じゃめちゃめちゃ可愛がっているよ、おばあちゃんとおかあさんで猫たちの奪い合いになっている」

「そう、なんだ」

鼻の奥がつんと痛んだ。

「一匹は雄で、ムー太。もう一匹は雌で、トン子っていうんだ」

「そう」

鼻の奥の痛みを、私は飲み込んだ。

泣いちゃいけない。この子に変に思われる。

「そうなんだ」

「ムー太もトン子も逃げ出さないんだけどね。のん子だけは脱走癖が抜けないな」

生きていたんだ、みんな。

ちゃんとしたおうちに引き取られて、しあわせになったんだ。

おばあちゃんやおとうさんやおかあさんや、この男の子から、いっぱい可愛がられているんだね。

よかった。

本当によかった。

「そろそろ帰らないと、おばあちゃんが心配するな」

男の子は、歩き出しかけた。

「待って」

私は、止めた。

「あげる」

さっき、弁当屋にもらった紙袋を、男の子に手渡した。

「なに？」

男の子は、怪訝《けげん》そうに眉を寄せた。男の子に抱かれたみいちゃん、いや、のん子ちゃんが、紙袋に鼻先を近づけた。

「猫用ドライフード。家に帰ったら、のん子ちゃんに食べさせてあげて」

名前を口にしたせいだろうか。のん子ちゃんは、私の顔を見た。

「ドライフード？　そんなもの、いつも持ち歩いているの？」

男の子があきれたような声を出した。

「何で？」

私はぐっと詰まった。

お弁当屋さんがくれたんだよ。

本当のことだけど、かえってあやしい。信じてもらえそうにない。

「たまたま持っていたんだよ、たまたま」

これ以上、私としては、説明のしようもない。

「にゃあ」

のん子ちゃんは、小さく啼いた。

「お礼を言ってら、のん子」

のん子ちゃんは、光る眼で、私の顔を見ている。

お礼じゃないよね、わかっている。

覚えているはずはないけれど、覚えていても、許してくれるはずはないけれど、

許されるとは思わない、けれど。

ごめんなさい。

一瞬ののち。

のん子ちゃんは、ふっと顔をそむけた。

「もらうよ。ありがとう」

言ってから、男の子はにやっと笑った。

「真面目に学校へ行きなよ」

私も、にやにやしながら返してやった。

「そっちもね」

「じゃあ」

背中を向けようとした男の子が、ぱっと振り返った。

「おれの名前は、大舘浩治《おおだてこうじ》。毎週、日曜日のお昼は三丁目の猫カフェに、おかあさんとランチを食べに行っていることが多いです」

さっきまでとは違う、神妙な表情になっている。私は、どう答えていいかわからなかった。

「のん子におやつをどうもありがとうございました」

男の子は、深々と一礼をして、歩き去った。

*

男の子を、もう一回呼び止めて、私は言うべきだった。

私は、桜田悠里と言います。

のん子ちゃんと、その子どもたちを助けてくれて、育ててくれてありがとうございました。

言わなければならなかったんだ、本当は。

そして、のん子ちゃん。

生きていてくれてありがとう。そして、ごめんなさい。同じことは二度としない。ぜったいに。

＊

公園のベンチには、私ひとり。

そろそろ、保育園児たちがやって来る時間だ。

ベンチから腰を上げて、歩き出した。公園の入口に、町会の掲示板が立っている。今まで気をつけて見たこともなかった掲示板に、一枚のポスターが貼られていた。

「五月の保護猫譲渡会について」

さっき、男の子が言っていた保護団体のポスターだ。三丁目の猫カフェの住所と電話番号も書いてある。

三丁目の猫カフェ。

ここって、いつかお弁当屋のおじさんが、アルバイトを募集している、って言っていた、あのお店じゃないのかな。

この猫カフェに行きたい。行ってみよう。

いつ？

今日、これからだ。まだ開店前かな。コンビニエンス・ストアのイート・インでコーヒーでも飲んで、時間を潰してから、行ってみよう。

おじさんとあの話をしたのは、去年の夏だった。アルバイトは、もう募集していないかな。していなくても、いいや。行ってみよう。保護活動をボランティアで手伝わせてくれるかどうか。訊いてみよう。

のん子ちゃんと、のん子ちゃんの子供たちへの罪滅ぼしになるとは思わないけど、そうしてみたい。

学校からだけじゃない。私は、みいちゃんを棄てたあの日からも、ずっと逃げていたんだ。それが、ようやく立ち止まって、向き合うことができた。そう思う。

今日はとりあえず、そうしてみよう。

明日は？

明日は、そうだな。

「真面目に学校へ」行ってみようかな。よし決めた。明日は行く。明後日は行くかどうかわからないけどね。明日は行ってみよう。

ユリアは、言っていた。

あんたはあんたの人生を生きて、あんたのしあわせをつかみ取らなきゃ駄目なの。

そのとおりだよね。ユリアは、正しいときは正しい。ユリアの言うとおり、高校だけは卒業できるよう、頑張ってみるのも、悪くはない。

うん、そんなに甘くないかな。これまでの人生でだって、できなかったもの。やっぱり、頑張りきれないかもしれない。どうしても学校へは行けない。そういう結論になるかもしれない。けれど、だったらだったでユリアにきちんと話をしてみればいいんだ。

頑張ってみましたが、無理です。働きます。

話せば、ユリアもあきらめてくれる、かもしれない。

それから、日曜日のランチは、猫カフェで食べよう。大舘浩治くんとおかあさんに会って、挨拶をしなくちゃ。のん子ちゃんのこと、ちゃんと説明はできなくても、やはりそれとなくお礼は言いたい。

おやおや、けっこう予定が詰まってきたな。

今まではこんなこと、なかったのにな。

私の人生、お先は空白。真っ白だった。

私の人生。

私のしあわせ。つかみ取るにはどうすればいいか。具体的にはわからない。わからないうちにはじまってしまっている、私の人生。

そうだ、はじまってしまっているからには、仕方がない。普通の人間にはなれないなりに、動き出してみよう。だるいけどさ。

だるいけどさ、やってみるか。

第四章　タクシーさん

次こそは、取り返したい。
次こそは、彼女に、なにかしてあげたい。
彼女が喜ぶような、なにか。

雨、明け方からだいぶ本降りになってきましたねえ。

傘はお持ちじゃないですよね。お待ちになっているあいだ、濡《ぬ》れませんでしたか？　大丈夫ですか？

実は、ちょっとびっくりしたんですよ。

朝早くのこんな時間に、お客さんが傘もささずに立っていたから。

ちょうど、そろそろ商売をあきらめて帰ろうと思っていたところでした。夜通し頑張ってはみたんですがねえ。さんざんですよ。

行く先は、どこですって？

K町？

よくわかりますよ。はい、行きましょう。K町のどのへんですか？　三丁目？

はいはい、知っています。三丁目のどこでしょう。坂の上ですか下ですか？

下？

ははあ、お弁当屋さんがあるあたりですかねえ。

当たりですか。よかった。小さな店だし、見ためはぜんぜん弁当屋っぽくないし、わかりにくいんですけどね。

おれ、あのお店の常連客なんですよ。ファンです。ポイントカードだって、持ってます。

今朝だって、あのお店で弁当を買ってから、家に帰ろうかと思っていたんです。へへへへ。今日でね、ちょうどポイントカードもいっぱいになるんです。わくわくして貯めていたんですよ。

いや、なにがお得なのかはわからないです。ポイントが増えるのが、ただわけもなく嬉しかっただけです。

いいお店ですよね、あそこ。

安くて量が多くてうまいんです。

最近、ご主人がいないんですよね。若い娘さんがひとりで頑張っている。

いいお店ですよ、ええ。

＊

「タクシーを捕まえられて、本当によかった」

そうですか。おれもよかった。

「ずいぶん長いこと、あの場所で待っていたんです」

そうですか。まあ、お客さんが立っていたのは、Yトンネルの手前で、夜のあいだは人通りもない場所ですからね。運転する人間にとっては、ちょっと死角かもしれません。どのくらいお待ちになっていたんですか？

「そうですね。とにかくだいぶ待ちました。タクシーは何台か通ったんです。でも、運転手さんには見えなかったみたい。私が手を上げても、通り過ぎちゃった」

それはお気の毒でした。みんな帰りを急いでいたのかな。おれには見えすぎるほど見えましたけどね、お客さんの姿。上げた手が道路の真ん中まですうっと伸びて来たみたいに見えた。びっくりしましたもん。眼の錯覚でしょうけど、思わず、わっ、て声が出たくらい。慌ててブレーキをかけたんですよ。

「気がついてくださってよかったです」

おれも、お客さんを捕まえられてよかった。お互いによかったですね。

「娘のことが心配で、はやくタクシーに乗りたかったんです」

ははあ、娘さん、ですか？

「娘を置いて、家を出て来てしまってね。娘は寂しがっているでしょう。帰らなくちゃいけないとはわかっていたんですが、思いのほか時間が経ってしまった」

お客さんのおうちはあのお弁当屋さんの近くなんですか。

「お弁当屋さん、ね。そう、とても近いといえるでしょう。とてもね」

そうですか。

*

生返事を返しながら、おれは考えていた。

どんな事情があるんだろう。

夜のあいだ、娘を置いて家を空ける。ってことは夜中に働いているのか。ユリアさんみたいだな。

でも、この女性はユリアさんみたいな水商売じゃなさそうだ。服装も化粧も、どう見ても一般家庭の奥さん。年齢もユリアさんよりはかなり若いな。三十歳くらい？　もう少しは上か。娘さんはまだ小さいのかな。心配なわけだ。

ユリアさんからは、最近は呼び出しがぱったりなくなったけどな。不景気なんだ。いまいましい。

娘さんの話は、ユリアさんもよくしていたな。

「不登校児ってやつなの。学校をさぼってふらふらしてばかりいる。友だちもいないみたいだし、どうなっちゃうのかな、うちの子」

なんて、溜息まじりに言っていた。

おれもよく学校はさぼったし、勉強もできる方じゃなかったし、友だちも少ないですが、どうにか大人になりましたよ、大丈夫ですよ。

そんな風に気休めを言うしかなかった。

「まあ、あたしもそうだったけどね」

って、ユリアさん。

「学校はさぼりまくって街でふらふら遊んでいたし、遊ぶときはひとりだったし、けっきょく高校は中退したし」

あのう、それ、似た者母娘《おやこ》ってやつなのではないですかね、ユリアさん。

「そうだけど、まさかあの子に『わかっている、あたしもそうだった。だからいいのよ。好きにしなさい』って言いきっちゃうわけにもいかないじゃない」

いいんじゃないですか。娘さんは安心するでしょう。

「安心されちゃ困る。そこは親とは違う道を模索してもらわないとね」

そんなもんですかねえ。

「あたしと同じ人生じゃ、あんまりじゃない」

同じにはなりませんよ。違う人間なんですからね。

「うっかり間違えて、同じになっちゃったらどうするの」

ねえ、どうしましょう。

「あたしと同じじゃいけない。うんとしあわせになってもらわないと困るよ」

ユリアさん、あまり母親らしくは見えないんだけど、それが親心ってやつなんだろうな。

*

「運転手さんは、お若いんですね」

はあ、まあ、ご覧のとおりの若造です。

「このお仕事をされて、長いんですか」

三年かなあ。

小さいタクシー会社なんですよ。社長が父親の友だちでしてね。そのひとが弟さんと二人で細々やって来た会社なんです。が、弟さんが病気で亡くなりましてね。営業車が一台余ってしまった。で、おれが入ったというわけです。それまでは運送会社に勤めていたんですが、こっちの仕事の方がおもしろそうなんで、あっさり辞めました。

「転職なさったんですね。迷ったりはしなかったですか」

会社の規模が規模ですからねえ。時間的にも好きなように動けるし、もともと運転が好きなんですよ。タクシーの方が向いていましたね、おれ。

「今どきは、景気がよくないでしょう。ご苦労なんじゃないですか」

稼ぎがいいとはいえませんね。社長は毎日ぼやいていますよ。でも、まあ、社長が悩もうがおれがじたばたしようが、状況がよくなるわけじゃない。おれとしては、今の会社がつぶれたらまたほかの仕事を探せばいい、くらいに、のんびり構えています。

「お若いですものね。自由ですよね」

気楽なもんです。家庭持ちならともかく、まだ独身ですしね。

*

ある日、ユリアさんを送ったら、すっかり朝になっていた。で、おれはあのお弁当屋さんを見つけたのだ。

軒先に張り出した庇は薄黄色。だいぶ薄汚れてはいたが、もとはクリームみたいな色だったのだろう。一見、弁当屋らしからぬ、ケーキ屋みたいな店構え。でも、ショーケースの中には弁当が並んでいて、ごつい顔つきのじいさんが仁王みたいに立っている。

おかしな店だな。思ったが、腹が減っていたから、買ってみた。ハンバーグ弁当。路肩に停《と》めた自動車の中ですぐに食べた。期待はしていなかったのに、うまかった。

それから、たびたび、おれはあの弁当屋に行くようになった。

たいていは朝だ。ユリアさんを送ってから、朝一で弁当を買う。最初の日以外は自動車の中では食わない。家で食って寝る。急いでかっ込むのではなく、ゆっくり味わいたいからだ。

ハンバーグ弁当ばかりじゃなく、いろいろと食べた。焼き鮭弁当も、からあげ弁当も、のり弁当も、焼肉弁当も、どれもうまかった。

「おつり、二百万円です」

じいさんはむっつりと笑えない冗談を言う。おかしな店にふさわしくおかしなじいさんだった。

ユリアさんからのお呼びがなくなってからも、遠まわりになっても、週に一度は買いに来るようにしていた。

じいさんじゃなく、彼女がいるようになったのは、今年になってから。つい最近のことだ。じいさんだけのころ、ポイントカードはなかった。

「いつもありがとうございます。お店のポイントカードです。お使いください」

と、彼女が渡してくれたのだ。

「いっぱいになったら、なにかもらえるんですか」

おれは、訊いてみた。

「はい」

彼女の返事はそれだけだった。そう、じいさんと同じで、彼女も決して愛想がいいとはいえない。

しかし、おれは店に行くたび、なにかと彼女に話しかけるようになっていた。

彼女の笑顔が見たかった。

彼女が笑ってくれれば、それだけでおれも元気になれた。

＊

もともと、おれは、あんまりくよくよ考えない性質なんです。のんびり、のんき、能天気。

「気楽な性格、いいですね」

そうですか？　母親にはよく叱られますよ。少しはくよくよ考えなさい。能天気にもほどがある、って。

「能天気がなによりですよ」

ははは、そうですか？　はははははは。

「私の娘は考えすぎちゃう子なんです。あのときはああすればよかった。あの日にあんなことをしなければよかった。過ぎたことをいつまでも思い返しては悩んでしまう」

生真面目なんですね。おれとは正反対だ。

「運転手さんは、過去のことを思って、落ち込んだりはなさらない？」

ないですねえ。ほとんどない。

「ああいう選択をしてしまったけれど、こっちにすればよかったとか、のちのち悔やんだりはしませんか？」

ありますよ。でも、めしのときくらいですかね。うっかり立ち食い蕎麦《そば》屋に入っちゃったけど、今日はラーメン屋の気分だったな、と気づいちゃうことはありますね。

あれ？

こんな会話、以前も交わしたよな。

＊

そうだ。

お弁当屋さんの彼女と、そんな話をしたんだ。

「いつも後悔ばかりですよ」

彼女は、そう言っていた。

どうして、そんな話になったんだっけな。

そうだ、お弁当屋さんのご主人、じいさんの話からだっけ。

「父の躰の具合が悪くなる前に、お店をもっと手伝ってあげていればよかったんです。けっきょく、入院するまで踏みきれなかった」

彼女は溜息をついていた。

「いつも、いつも、後悔してばかりです」

「でも、今はこうして、おとうさんの留守を守っている」

おれは言った。

「立派に店の味を守っているじゃないですか」

その点、おれは心の底から感心していたのだ。彼女の作るハンバーグもからあげも、じいさんの味とほとんど変わりがない。そりゃ、つけ合わせのたまご焼きが甘めだったり、ひじきの煮物が辛めだったり、ポテトサラダのマヨネーズが濃いめだったりはするけれど、そんなのは些末《さまつ》な問題に過ぎない。

「後悔なんかすることないですよ」

「お客さんはありませんか、後悔しちゃうこと」

「ないですね」

おれは胸を張った。

「あるとしたら、めしのときかもなあ」

「めし？」

「味噌《みそ》バターラーメン、チャーシュー大盛りトッピングを注文してから、しまったやっぱり今日はつけ麵と煮たまごにすればよかった、くらいは思うこともあります。けど、後悔ってほどじゃないです」

彼女はふっと笑った。

「そうできればいいですね」

「味噌バターは味噌バターで楽しみます。チャーシューもうまいし」

「ですよね。でも、わたしはつけ麺のことがいつまでも忘れられない。面倒くさい性格なんです」

「次の日に食べればいいんです」

「そうですね。でも、次の日にはそのお店がなくなっていることだって、ありますよ」

彼女は真顔に戻っていた。

「そのお店のつけ麺は二度と食べられなくなってしまう。そういうこと、たくさんあります」

「そういうもんですかねえ」

おれは彼女をどうにかして力づけたかった。

「だったら、別のお店を探せばいいんじゃないでしょうか。うまいお店は世の中にいくらでもありますよ」

「わたしは、その店の、その味にこだわってしまうんです」

「わかりますけどね。だったらその店に近い味を探すんです」

「探す？」

彼女は小首を傾げた。

「見つかるかなあ」

「むろん、すぐには見つからないでしょう。見つかるまでの長い旅です。探しつつ、次から次へと新しい味に挑戦する。そのこと自体が楽しくなったりしませんか?」

おれは適当な言葉を並べ立てた。言っているうち、自分でもわけがわからなくなっていた。

「で、だんだんつけ麺マスターになっていく自分に気づいたりするんです。つけ麺クエストですよ」

彼女は笑い出した。

「旅が終わりに近づくころ、後悔も吹き飛んでいることでしょう」

「お客さんはおもしろいひとですね」

笑ってもらえた。

彼女が少しでも元気になってくれれば、おれは満足だった。

*

「実はね、私の夫も、タクシーの運転手をしていたんです」

ほほう、そうだったんですか。

「こんな雨の日に、知り合ったんです」

そうですか、そうですか。

おや、少し小降りになってきたようですね、雨。

「私、いろいろありまして、そのころ悩んでいましてね」

悩みというと、お仕事の方面ですか、それともご家庭ですか？

「両方でした」

それはつらい。

「仕事は、とある洋菓子屋で働いていたんです」

というと、販売ですか？

「製造です。シュークリームやプリンが有名なお店でした」

パティシエだったんですね。かっこいいですね、横文字の職業。いや、おれだって横文字といえば横文字なんですけどね。タクシードライバー。

「オーナーシェフが個性的なひとでして、従業員が一丸となってレベルの高い仕事をする、というやる気に満ちあふれた職場でした」

熱い仕事場ですね。

「毎日毎日、オーナーシェフからのきつい駄目出しがあり、ミーティングでつるし上げられ、泣くまで反省を強いられ、多くの従業員が心を病んで辞めていきました」

熱いんじゃない、暑苦しいんですね、そのオーナーシェフ。

「私もある朝、玄関で靴をはこうと身をかがめたとたん、立ち上がれなくなりました。無理に動こうとすると、涙がぶわっと流れて来た。疲れきっていたんでしょう」

お客さんの心がＳＯＳを出していたんですよ。一刻もはやく辞めなきゃいけませんよ、そんな職場。

「辞めたいと親に言いました。そうしたらすごく責められました。いったんやろうと決めたことを簡単に投げ出すなど、おまえは意気地のない弱虫だ。昔からそうだった」

厳しいご両親ですね。

「難しい親たちでした」

お客さんの親御さんたちに対して悪いですけど、空気を読めって感じです。娘が苦しんでいるのが見えないのか。

「見えないひとたちなんです。世間体を大事にしていましたからね。それなりに名の知られた洋菓子店でしたから、辞めるなんて体裁が悪いと思ったんでしょう」

お客さんの親御さんたちに対して悪いですけど、糞《くそ》じじいと屑《くず》ばばあですね。

「そういう両親だとわかってはいたんですが、そのときはどうしようもなく追いつめられてしまったんです。で、その夜、ついに家を飛び出しました。はじめは友人の住むアパートへ行くつもりで、タクシーを停めたんです。ところが、タクシーの中から電話をかけても、つながらない。友人のアパートの前まで行っても、つながらない。外から見たかぎり、友人の部屋の窓には明かりがついている。それでも電話に出ない。ということは、電話に出られない、出たくない事情があるわけですよね。それで気が変わった。といって、彼女のほかには頼るひともすぐには思いつかなかったし、時間も深夜に近かったですから、終夜営業のレストランに行こうと考えました。友人のアパートの最寄り駅の前にあったはず。その店の前で停めてくださいと言いました。そうしたらそのお店、改装中で閉店していたんです。間が悪いときはあるものですね」

ありますねえ。おれも経験あります。好きな女の子をデートに誘って、巷《ちまた》で人気のお洒落《しゃれ》なカフェに連れて行ったらつぶれていた。インターネットで調べたときには閉店の情報なんか見当たらなかったのに、謎ですよ。そのせいばかりじゃないでしょうが、彼女とはけっきょくうまく行きませんでした。

「ほかにもいくらでも終夜営業の店はある。そっちへ行こうと考えて、思いついたところに行く先を変更したんです。S橋の手前。運転手さんにそう言ったんですよ。タクシーはまた走り出して、窓の外に流れる夜の街を眺めているうち、気分はどんどん落ち込んでいきました。親からは逃げるしかない。友人からは避けられた。自分はいったいどうしたらいいのか。レストランで夜を明かす。朝を迎えても何になるのか。自分なんか消えてしまった方がいいのではないか。S橋から川へどぼんと身を投げてしまった方がいい」

よくないですよ、よくない。

「そうなんですよ。そのときも運転手さんが声をかけてくれたんです。お客さん、早まった考えはやめなさいよ、と」

まるで心が読めたみたいですね。

「その運転手さんが、のちの夫です」

ドラマみたいですね。旦那さん、お客さんからよほど不穏な雰囲気を感じたのか。

勘が鋭いんだなあ。

「勘じゃないんです」

へ？

「夫は、不思議な能力があるんですよ」

能力、ですか。

「一種の超能力者といっていいでしょうね」

*

うわ。

何じゃそりゃ。

笑っていいのか、ここ。いやいや、笑っちゃまずそう。

まともに見えて、けっこうイッちゃってるのかな、この女性。

しかし口には出せない。客商売、客商売。

＊

「運転手さんがなにを考えていらっしゃるか、わかりますよ。この女はおかしいって思っていますね」

はははは、そんなことありませんよ。はははは。

雨、弱くなりましたね。小雨になりました。

「でもね、夫はただ、勘が鋭いっていうだけじゃないんですよ」

ははあ。

「学校を出て、まずは建設会社に就職したんですが、あまり合わなくて辞めて、いくつかの職業を転々としたあとで、タクシーの運転手に落ち着いた。タクシー稼業は、いちばん自分に合った仕事だと言っていました」

そこまでは、おれに似ていなくもないですね。

「営業成績はとてもよかったんです」

そうなると、おれにはあんまり似ていないですね。

「今、あのあたりにお客さんが待っている。それがぴんとわかるんですって」

あ、そういう感覚はわかる気もしますね。おれの場合はたいがい外れますが。

「道路も、あっちは混んでいるとか、こっちなら空いているというのが、ぴんぴんわかるんですって」

便利ですね。が、そういう情報は調べられますよね。

「今の時代はそうです。でも、夫がこのお仕事をはじめた当時はそうじゃなかった。ずいぶん役に立ったみたいですよ」

わざわざ調べなくても、ひらめきでぱぱっとわかるなら、今どきだって便利でしょう。その能力はおれも欲しいな。

「お客さんから、遠方の、まったく知らない行く先を指示されても、道に迷うこともないんです。地図を見なくても、次の道路をどちらに曲がればいいか、間違うこともなくわかる」

脳内にカーナビが搭載されている感じですか。便利だな。おれも欲しい。

「タクシーの仕事以外では役に立たない能力だって、夫はぼやいてましたけど、そんなことはなかったですよ。はじめて会った夜、私の心情を読んでくれたように、そのあともずっと、私に対しては気を遣ってくれました」

やさしい旦那さんですね。

「突然むらむらとなにかを食べたくなるときってあるじゃないですか、シュークリームとかプリンとか」

ありますす、あります。ポテトチップスとか牛丼とか、真夜中にいきなり熱い欲望がわき上がって来たりしますね。で、食って胸焼けしてデブるんです。おれの場合。それにしても、作っていただけあって、お好きなんですね、シュークリームとプリン。

「好きです。カスタードクリーム系のお菓子に眼がないんですよ。洋菓子屋さんで修業しようと思ったのも、動機は食欲からでした」

おれも好きですね。クリームパン大好き。作ろうとは思いませんが。

「そんなとき、夫はぜったい、私が食べたかったものを買って帰ってきてくれるんです。私はなにも言っていないのに、ですよ」

すごい。

「ですよね。すごい能力です」

すごいです。能力というより、気配りとか思いやりかもなあ、とも思いますが。

「超能力ですよ。これだ、という食べものが、ぴたりですよ。気配りや思いやりを超えています」

うーん、そうかもしれないですね。

だけど、お客さんがシュークリームやプリンが大好きで、突然むらむら来るのをよく知っていただけって気もしないこともないですね、旦那さん。

「私が、すごいすごいと感心していたら、夫は真面目な顔で『実は自分の家系は陰陽師の末裔《まつえい》なんだ』と言っていました」

おんみょうじ、ですかあ。

*

やばいな。

この女性だけじゃなく、旦那もかなりイッちゃってそう。

*

「運転手さんがなにを考えていらっしゃるか、わかります」

わかりましたか。はははは。お客さんも超能力があるのかな。ははははは。

「私だってさすがに信じませんでした」

はははは、旦那さんばかりじゃなく、お客さんも超能力があるのかな。はははは。

「夫は真顔で冗談を言うひとなんですよ。本当かどうかはわかりません」

冗談でしょうねえ。安心しました。

「もしかしたら、不思議な能力って、気がつかないだけで、案外、多くのひとが持っているのかもしれない。そう思いません？」

そういえば、おれも幼いころ、部屋の隅を凝視して「あそこに知らないおじちゃんがいる」とか「おばあさんが座っている」とか言い出して、母親を怯《おび》えさせたらしいですよ。この子は霊感が強いのか、って、母親は真剣に考えていたみたいです。そんな記憶はまったく残っていません。霊感とやらは成長とともにきれいさっぱりなくなりましたね、おれの場合。

「でもね、気配りでも、思いやりでも、特殊能力でも、どれでも同じかもしれません。私の気持ちを汲《く》んで、喜ばせようとしてくれる。夫に出会うまで、私の人生に、そんなひとはいなかった。嬉しかったです」

わかります。自分を気遣ってくれる。それがわかるだけで胸のあたりが暖かくなりますよね。

「ええ、それだけで、生きていてよかったのだと思えます」

おれも、好きな女性は喜ばせてあげたいなあ。

「それで、私もついつい、夜遅い時間でもプリンやシュークリームを食べちゃって、結婚後だいぶふとりました」

いやいやいや、そんなふとってないですよ、お客さん。

「娘を産んでからは、いっそうふとりました」

いやいやいやいや、そんなには見えませんって、お客さん。

「夜に食べる甘いものって、どうしてあんなにおいしいんでしょうね。食べているあいだは、本当に幸福。心の底から幸福。なのに、食べ終わるともの凄い罪悪感が襲ってきたりする」

またデブる。やっちまったなあ、と思いますね。

「うんと幼いころは、ふとることも躰にいい悪いも気にせず、食べたあとも幸福でいられたのにね」

まったくです。大人になるって、つらいですよね。

喜ばせてあげたい。

おれにとっては、彼女だな。

名前も知らない、お弁当屋さんの彼女。

いつの間にか、そう思うようになっていた。

＊

＊

「夫の言葉、まんざら冗談じゃないのではないか。信じる気持ちが強くなったのは、娘が生まれてからです。赤ちゃんのうちはわかりませんでしたけど、物心ついて、話すようになって、歩き出して、そのうちね」

やはり、特殊能力があるんですか？

「父親と同じで、気持ちを読んでくれる子でした。私の体調が悪かったりすると、すごく心配してくれるんです」

いいお子さんですね。

「本当に、いい子です。『どこか痛いの？』『苦しいの？』って訊いて来て、『痛いの痛いの飛んでいけ』ってやってくれる。それから、ちょっとしたプレゼントをくれるんです」

プレゼント？

「きれいな石とか、紙の切れ端とか、どこかで拾って来たようなものばかり。でも、それを見ると、自分の子供のときのいろいろなことを思い出して、ほっとする。癒されるんです。不思議なんですが、本当なんですよ」

＊

いつの間にか？

いや、あの日からだったかな。

彼女から、ポイントカードをもらった日。

＊

「いつもありがとうございます。お店のポイントカードです。お使いください」

受け取ったおれは、一瞬、怪訝《けげん》そうな顔をしたと思う。

「大丈夫ですか」

彼女は、眉を寄せて訊ねて来た。

「え？」

「顔の色が鉛《なまり》みたいです。大丈夫ですか？」

確かに、その朝のおれは疲れていたのだ。

深夜一時をまわったころ、拾った客が悪かった。

「T町二丁目だ。Mマンションへ行ってくれ」

五十代後半くらいの、スーツ姿のおっさん。だいぶ酔っぱらっていた。

「はい。K街道からでいいですか」

「それぐらい自分で考えろ。プロなんだろう、おまえ」

何だと、この糞ったれじじい。そうとも、おれはプロの運転手だ。だが、てめえなんざ客じゃねえ。とっとと降りろ。

思いはしたが、相手は相当にご酩酊《めいてい》のご様子。仕方なく自動車を発進させるしかなかった。

糞ったれじじい、いや、お客さまは、五分も走らないうちに後部座席で寝入ってしまった。深夜のK街道は空いていて、自動車は飛ぶような速度でT町二丁目に着いた。Mマンションもすぐにわかった。

「お客さん、着きましたよ」

マンションのエントランス前に停車して、声をかけた。

「お客さん」

じじいめ、下を向いて大きく舟を漕《こ》ぐばかりで、起きる気配もない。

「お客さん、起きてください。お客さん、起きやがれ。起きねえか。殺すぞこの野郎」

呼びかけが歯ぎしりに変わる。おとなしいお客さんならともかく、あれだけ悪い酔い方をしていたじじいだ。無理に揺り起こすのは悶着《トラブル》のもとである。おれは近くの交番に自動車を走らせるしかなかった。

警察官の立会いのもとで、じじいを起こそう。と、思ったんだけど、交番は無人だった。おれは、おまわりさんがパトロールから帰って来るのを三十分以上も待つしかなかった。じじいの安らかな寝息を聞きながらの三十分だ。てめえのせいでとんだ時間の無駄をしなきゃならねえ。苛立《いらだ》ちは倍増だった。

ようやく現れたおまわりさんを前に、おれはじじいの肩を摑《つか》み、激しく揺さぶった。起こす、というより殺虫剤のスプレー缶を振るような雑な動きであったことは否定できない。

「あが」

じじいは、眼を開けた。

「どこだここは」

おまわりさんが視界に入ったらしい。

「なぜ、警察なんだ」

わめき出した。

「どうして俺が逮捕されなきゃならないんだ。不当逮捕だ」

おまわりさんと二人がかりで、じじいに状況を説明するのに、また三十分かかった。

おれにとっては、まさに殺虫スプレーで退治してやりたい、ごきぶりのようなじじいだった。

肉体も精神も消耗させられた。よほどひどい顔になっているのだろう。

「ポイントカード、ですか」

いかんな。ごきぶりじじいのことなど忘れてしまえ。彼女には関係のないことだ。

「いっぱいになったら、なにかもらえるんですか」

彼女はおれの顔を見返して、ちょっと笑ってみせた。

「はい」

たくらみがあるみたいな、意味ありげな笑い。

あ、と声が漏れそうになった。

この女性は、こんな表情もするんだな。

もっと、笑って欲しい。

もっと、この笑顔が見たい。

望むようになったのは、あの瞬間からだったかもしれない。

＊

「娘には、他人の心の重荷や後悔を、ほんの少しだけ軽くしてあげられる。そんな力があるのかもしれません」

いいですね。そんな力、おれも欲しいです。

「でも、自分自身の心の重荷や後悔は、どうにもできないんです」

そういうものかもしれませんね。

＊

後悔か。

おれにそれがあるなら、彼女をうまく笑わせられなかったときかな。

「ありがとうございました」

彼女がおれと視線を合わせず、うつむいたままそう言ったら、寂しそうな顔をしておれを見送っていたら、おれの胸は塞がる。

次に会ったら、もっとおもしろいことを言って、彼女を笑わせたい。

次こそは、取り返したい。

次こそは、彼女に、なにかをしてあげたい。

彼女が喜ぶような、なにか。

そうだ。

彼女の心の重荷を、後悔を、取り除けるような、なにか。

それができたら、おれはとても暖かい気持ちになれるだろう。

＊

「そろそろK町ですね」

はい、もうすぐですよ。雨もやんだみたいですね。

「K町に引っ越しをして来たのは、娘が小学三年生のときです。一階がお店で、二階と三階が住まいになった家を、夫が探してくれました」

お店？

「はい。洋菓子屋さんを開くのが私の夢だったんです。夫には話さず、娘にだけおとぎ話みたいに語っていた、夢のまた夢。なのに、やはり、夫は察していてくれて、ある日いきなり『いい物件がある』って。ね、能力でしょう？」

ですとも、ですとも。こだわりますね、お客さん。

「洋菓子屋さんを開店したら、夫もタクシー会社を辞めて手伝ってくれると言ってくれました」

やっぱり洋菓子にもこだわるんですね。

「シュークリームやプリンを中心にしたお店です」

譲れないところなんですね、そこは。

「夜にどれだけ食べてもふとらない、魔法のカスタードクリームを使ったお菓子のお店。食べても食べても後悔や罪悪感を抱かない、幸福感だけが味わえる、とびきり甘いお菓子」

すごい。そんなお菓子、可能なんですか？

「不可能です」

ですよね。

「もともと、娘に話していたのは、そういうお店でした。おとぎ話でしたからね。でも、実際にお店を開くとなったら、そんなお菓子は作れません。そりゃ、甘さ控えめ、バター控えめ、カロリー控えめのレシピも検討はしましたけど、それだと食べて罪悪感はない代わりに、幸福感もないんです」

そういうものかもしれませんね。

「むしろ、罪悪感の塊といえるくらい甘くてバターたっぷりで高カロリー。そんなお店にしてしまえ、という方針に達しました」

あっさり系より濃厚とんこつ系ですね。おれもそっちの方が好きですよ。

「娘が小学四年生になった春、お店を開く準備をはじめたんです。店舗部分を改装して、ショーケースを入れて、厨房の設備を整えて」

楽しいでしょうねえ。

「そこで、事故が起きました」

事故？

「ああ、もう坂の上に来ましたね。あのお弁当屋さんへの道がすんなりわかる運転手さんは、はじめてですよ」

そうかもしれませんね。いささかわかりにくいんですよ。この坂道は一方通行だから、W交差点を手前で曲がって迂回《うかい》しなきゃいけませんしね。

「今まで、何度も何度も帰って来ようとしたんです。でも、運転手さんはいつも迷ってしまう」

何度も？

「心残りだったんです。お店のことはもちろんですが、いちばん気にかかったのは、お弁当のこと」

お弁当ですか、はあ？

「娘の遠足のお弁当を作らなきゃいけない。ずっとそれが気がかりだったんです。おかしなものですね。お弁当、お弁当って、あんまり気にしていたせいかしら。夫にもそれが伝わったみたい。でも、あのひとにはめずらしく、勘どころがちょっとずれちゃった。やはり私がこっちにいたときみたいにはいかないんですね」

お話の筋が、よくわかりませんが、はあ。

「私がお店のことばかりにかまけていたのも悪かったんですよ。娘は寂しかったと思います。あのころは、学校から帰ってきた娘の相手をしていても、いつも上の空でした。せめてお弁当ぐらいは娘の好物ばかりをぎっしり詰めた、おいしいものを作ってあげよう。そう思っていたのに、肝心なものを忘れたりして。そりゃ、娘も怒りますよね」

娘さん、怒っちゃいましたか、はあ。

「ずっと、お弁当のことで頭がいっぱいでした。帰ってはやくお弁当を作らなきゃいけない。はやく帰らなきゃいけないって、焦れながらタクシーを待っていました。ようやくタクシーを捕まえても、運転手さんには道がわからない。迷っているうちに時間が切れてしまう」

時間が切れる？

「夜が明けるちょっと前、薄明のころから店開けのころまでに帰らないといけない。そういう決まりなんです」

決まり、ですか。はあ。

「いつもいつも時間が切れて、たどり着けなくなってしまう。その繰り返しでした。あなたのおかげでようやく帰って来られました。ありがとう」

ぜんぜん意味はわかりませんが、どういたしまして。

あ、お弁当屋さんが見えた。店の前に着けますよ。そこでいいんですか？

「そうしてください」

空がどんどん明るくなってきた。雲が切れたんだ。今日はこれから晴れるのかな。シャッターは開いてますね。お弁当屋さん、ちょうど開店したところかな。しかし変わったお弁当屋ですよね。軒先が薄黄色のフリルで、まるでケーキ屋さんみたい。

そういえば、おれ、この店の名前を知らないんですよ。お弁当屋さんとしか認識していない。軒先になにか書いてあるんだけど、読んだことがないなあ。

「運転手さん」

はい？

「娘に、伝えてください。あなたは悪くない。少しも悪くない。前を向いて生きなさいって」

え？

「私が、そう言っていたと、娘に伝えてください」

娘さんって、誰です？

「『カスタード』の娘です。ここまでの代金は、娘から受け取ってください。お世話になりました」

お客さん？

お客さん？

あれ？

いない。

＊

……ずっと以前、うちの社長が話していたな。

Yトンネルのあたりには、幽霊が出るって噂があるんだ、と。

あの女のお客さん、Yトンネルの手前で待っていたよな。

タクシーを呼ぶために上げた手が、おれの眼の前へ、すうっと伸びて。

うひゃあ。

＊

おれは運転席から飛び出した。

お弁当屋さんの奥、ショーケースの向こうに、彼女の姿が見える。おれは店内に飛び込んだ。

「いらっしゃいませ」

彼女は眼をまるくしている。おれの顔は、さぞかし血の気が引いて、引ききって蒼白《そうはく》なのだろう。

「お」

どうにか声が出た。

「お、お、おはようございます」

情けないが、咽喉はからから、声はわなわな震えていた。

落ち着け、おれ。

弁当を買おう。そのつもりだった。

今日でポイントがカードいっぱいになるんだ。楽しみにしていたじゃないか。

「どうかしたんですか」

落ち着け、おれ。考えろ。

なにを食べよう。なに弁当にしよう。

ポイントカードはいっぱい。いったいなにをくれるんですか?

考えようとしても、おれの頭はまったく食欲に結びつかない。咽喉がひりつく。

彼女に言いたくてたまらない。

たった今、この店の前まで、幽霊を乗せて来たんですよう。

言っちゃおうか。言っていいものか。

「顔の色が真っ青ですよ。大丈夫ですか」

「だ、大丈夫じゃないんです」

幽霊ですようう。幽霊を乗せちゃったんですよおおおお。

彼女は気味悪がるだろう。言ってはいけない気がする。でも、言いたい。言わないではいられない。

彼女に聞いてもらいたい。気味悪がるなら、二人で一緒に気味悪がろう。

「声がかすれていますよ。なにか飲んだ方がよさそう」

「ああ」

水だ、猛烈に水が欲しい。

「お客さん、ポイントカード、そろそろいっぱいでしたよね」

彼女が気づかわしげに言いながら、冷蔵ケースを指さした。

「ポイントが貯まったら、お水かお茶を一本、差し上げているんです。どうぞ、お好きなのをお取りください」

「ああ」

渇いた咽喉から嘆声が漏れた。素晴らしい。何というタイミングのよさだろう。人生でこれほど水を欲したことはない。そんなときに水を差し出してくれる彼女。素晴らしすぎる。

「水をもらいます。水をください」

彼女は、超能力者かもしれないな。

ペットボトルの栓《せん》を開けて、咽喉に水を流し込む。

＊

話は、それからだ。

第五章　Custard

どうして、あんなことを言ってしまったんだろう。
どうして、昨日までの毎日が、明日も続くと信じていられたのだろう。
どうして、もっといい子になれなかったのだろう？

「お疲れであった」

「おつ」

「今日はどうであった？」

「お弁当は完売。

おにぎりが少し残った」

「完売ご苦労。

褒めてつかわす」

「ポイントカードが貯まったお客さんが三人続いた」

「ようやく貯まったのか。

のり弁お嬢さんかな」

「当たり。

おにぎり二個さんと、からあげさんと、のり弁お嬢さん」

「ワンドリンクはつけたか？」

「つけた。

お好きな飲みものをどうぞって、
そう言った」

「喜ばれたか？」

「みんな、厭そうな顔をした」

「やはり魅力なしだったか。

おまけは渡せたか？」

「渡した」

「どんな風であった？」

「みんな、釈然としない顔をしていた」

「いいんだ。

きっと、それぞれうまく行っている」

「渡しているわたしでさえ、釈然としていないのに？」

「いいんだ。

それが、あんたの力なんだから、それでいい」

「おまけ箱はからっぽ」

「またぴんと来たら、補充しておくがいい」

「あんたの力なんだ。

自信を持ちなさい」

一

夕方、おとうさんとのメッセージのやりとりを終えて、時計を見た。六時をまわっている。

一日じゅう、すっきりしない曇り空だったけど、まだまだ外は明るい。暗くなるのが、だいぶ遅くなって来た。

五月。はやく過ぎ去れ、五月。わたしが一年でいちばん嫌いな月。

夜から、雨が降って来るらしい。天気予報ではそうなっている。五月の雨の夜、いよいよ最悪だ。五月め、さっさと過ぎて、はやく梅雨になっちまえ。梅雨も好きじゃないし客足も落ちるけど、五月よりはまし。

店の外へ出る。二人並んで歩くのがやっとのせまい歩道に立って、わたしは大きく深呼吸をした。ほんのり、くちなしの花の匂い。三軒隣りのビルの植え込みで、くちなしが咲きはじめているのだ。

いい香り。

お弁当は売りきれた。今日はそろそろ店じまいだ。

そして、おまけ箱は空っぽ。

わたしはちょっと寂しくなる。

「もうすぐでポイントがいっぱいになりますよ。楽しみだ」

このあいだ来たときは、言っていたのにな、「タクシーさん」。

てっきり、おまけのどれかはあのひとに渡せるのかと思っていたんだけど、違ったのだ。

おまけ箱は空っぽ。ということは、「タクシーさん」は、しばらくは来ない。とりあえず明日の朝は顔を見せてくれない。

そういうことだ。

がっかりだな。

おまけ箱は、レジの下に置いてある。

Ａ４のコピー用紙がひと束、すっぽり入るくらいの大きさの木箱だ。もとは、そうめんが入っていた箱。おとうさんの中学時代の友だちである小林《こばやし》さんからのお中元のそうめんだ。

このあいだ、スーパーマーケットへ買いものに行ったとき、あ、これはおまけになるな、とぴんと来たのが、猫用ドライフードの小袋だった。それから、百円均一ショップで見つけた母の日のカードも、これだな、と思った。お弁当用の使い棄て資材を買いに行った問屋街では、駄菓子の店であんずの袋菓子を見つけた。それぞれ買って帰って、おまけ用に用意しておいたクリーム色の紙袋に入れて箱に投げ込んでおいた。

誰への、どのお客さんへの「おまけ」になるかは、わたしにもわからないまんま。今日、「おにぎり二個さん」や「からあげさん」「のり弁お嬢さん」の顔を見たとき、はじめてわかった。

あ、この袋は、「おにぎり二個さん」への「おまけ」だ。

この袋は、「からあげさん」だ。

こっちは「のり弁お嬢さん」のぶんだ。

で、わたしは「おまけ」を渡した。終わり。きっと、「おまけ」は、彼女ら彼らにとっては、意味を持つものだったはず。

中身はもちろん手ざわりでわかっている。

「おにぎり二個さん」はあんずの袋菓子。

「からあげさん」は母の日のメッセージカード。

「のり弁お嬢さん」は猫用ドライフードの小袋。

わたしには、なにがなにやらさっぱりだが、あのひとたちには、必要なものだったのだろう。

あのひとたちの心は、少しは晴れただろうか。

喜んでくれただろうか？

＊

「あんたの力なんだから、それでいい」

そう。

おとうさんに言わせれば、それがわたしの「力」らしい。

信じていいのかな。信じるしかないんだけど。

＊

「遠い昔から、先祖代々、綿々と、脈々と、伝わって来た。我ら一族の力だ」

おとうさんは、おごそかな口調で言っていた。

もっとも、おとうさんというひとは、真剣な顔で冗談を言う型《タイプ》。どこまで信じていいのかわからないところは、ある。

「先祖って、どういうひと？」

わたしは訊いた。

「安倍晴明《あべのせいめい》」

おとうさんは、迷わず即答した。

「本当に？」

わたしはたまげた。超有名人じゃないの。

「の、いとこだった」

「いとこ？」

わたしはがっくりした。瞬時にいんちきくさくなったな。

「安倍晴明の父親は、安倍保名《やすな》といってな。葛《くず》の葉《は》という狐《きつね》と契《ちぎ》って、晴明が生まれたのだ」

「へえ」

そのような伝説は、聞いたことがある気がする。

「葛の葉には、妹がいた」

「へええ」

そんなの聞いたことがない。

「片栗《かたくり》の葉《は》という」

「へえええ」

ますます聞いたことがない。

「片栗の葉が契って生まれたのが、つまり我が家の始祖なのだ」

「片栗の葉さんが契ったのは、何て名前の人間なの？」

「それは伝わっていない」

「へ？」

そこは肝心な点ではないのか。何だそりゃ。

「安倍保名と違って、あんまり身分も高くなく、名前も知られていなかったんだろうな。貴族階級でも武家でもなかったことは確かだ。吉津《きつ》、という姓も、明治までは隠し姓だったようだ」

「何だかなあ」

わたしは半笑いになっている。うさんくさいなあ。

吉津、だから、先祖はきつねだったんじゃないの？

そんな冗談から生まれた伝説だった可能性もあるよね。なにせ、おとうさんの血筋だものなあ。

「そんなわけで、安倍晴明の一族ほどではないが、我が吉津家も代々、占術や呪術を以《もっ》てひとびとと接し、生き延びてきたといわれている」

「占い師だったの？」

「庶民派の占い師だ。貴族や武家は安倍一族。一般庶民は安倍のいとこの吉津家」

「あるある。現代でもよくあるよね。一流ブランドの商品には類似品がつきものだもの」

おとうさんは渋い顔をした。

「オリジナルと機能は似ているけど、値段は半分以下だったりするの。パチもんてやつでしょ？」

「そういう言い方はやめなさいよ」

おとうさんはさらに渋い顔をした。

「信じなさい。我が家の由来は間違いがないのだ」

「間違いがないって、家系図とかあるの？」

「ない」

わたしはがっくり来た。

ないのかい。それで信じろと言われてもねえ。

「証拠はあるの？」

「あんたやおとうさんがこうして生きている。そのこと自体が証拠だ」

おとうさんは胸を張った。そりゃ、ご先祖さまがいたからこそ、わたしたちがここに存在する。それは事実だろうけど、片栗の葉さん伝承の証明にはなっていないよね。誤魔化されませんよ。

「証拠はなにもないの？」

わたしは食い下がった。

「なかなかしつこいね。文書や家系図はなくとも、だ。代々、こうして口伝で伝わって来たじゃないか」

当然、という風に、おとうさんはさらに胸を張る。

「それに、代々、おれたちには力も伝わって来た」

そうだ、力。そいつはわたしには実感がないんだな。

「どんな力？」

「おれの場合、仕事では、ずいぶん役に立ってくれた。おかあさんと出会ったきっかけも、仕事を通してだったからな。陽葵《ひなた》、あんたが生まれたのも、その力のおかげともいえる」

おとうさんは、かつてタクシーの運転手をしていた。おかあさんと知り合ったのは、そのころのことだったそうだ。

「ひなたにだって、力はあるよ」

そんなことを言うおとうさんを、わたしはほとんど信じていなかった。だって、おとうさんの言うことだもの。

「そうかねえ」

思いきり疑っていた。

けれど、おかあさんは、おとうさんを信じていた。

「おとうさんって、へんなひとだね」

わたしが言うと、おかあさんは笑っていた。

「へんなひとよね。でも、おもしろいひとでしょう？」

「おもしろいとは思うよ」

でも、だいぶへんだよ。

「おとうさんの力、本当にあるのかな」

「あるわよ」

おかあさんはきっぱりと言いきった。

「信じているの？」

「信じるわよ。さあ、昨夜おとうさんが買ってきてくれたシュークリームを食べなさい」

おかあさんは、おとうさんよりずいぶん若かった。二十歳くらい齢下だった。

「おかあさんの父親との方が年齢が近かったからね。結婚するときはひどく反対されたものだった」

　おとうさんは、言っていた。そのせいか、おかあさん方のおじいちゃんやおばあちゃんとは、つき合いはほとんどなかった。もっとも、二人とも、わたしが小学校に入るか入らないかのころ、亡くなってしまっていたけれど。

　おとうさん方のおじいちゃんやおばあちゃんにも、会ったことがない。わたしはおとうさんがかなり年齢をとってから生まれた娘だったから、こちらは当然といえば当然である。おとうさんのおとうさん、わたしのおじいちゃんは、はやくに亡くなって、おとうさんはおばあちゃんに女手ひとつで育てられたのだそう。このおじいちゃんとおばあちゃん、職業は占い師だったとのこと。

「おやじは若くして占術を極めたのだが、病に斃《たお》れた。おふくろさんがそのあとを受け継いだ」

　おとうさんの話。

「おとうさんは、あとを継がなかったの?」

「おれは、占術に関しては不勉強だったからなあ。他人《ひと》さまに作用するほどには力も強くない」

　でも、おとうさんはおかあさんと結婚したのだし、おかあさんはおとうさんを信じていた。まったく作用しないわけでもなさそう。

もっとも、それは大前提として、おとうさんの「力」を信じるとすれば、の話だけれど。

「勉強すればよかったのに。占術ってことは、おじいちゃんやおばあちゃんは、未来が予知できたの？」

「だろうな」

「すごい力だ」

わたしは感心した。

「どうして勉強しなかったの。そんな力があれば、向かうところ敵なし。大金持ちになれそうじゃない」

「甘いな」

おとうさんは、憐《あわ》れむような眼でわたしを見た。

「おやじもおふくろも、そこそこお客さんのついた占い師ではあった。だが、貧乏なままだった」

「どうして？」

「自分の物欲を満たすことを目的にした予知はしなかったからだ。大金持ち、とあんたが言うのはそういう意味だろう？」

そのとおりです。

「株の上がり下がりを予測するとか、競馬《けいば》や競艇《きょうてい》の大穴を当てるとか、卑俗で汚れきったことを考えていたな？」

そのとおりです。すみません。

「おれもそうだった」

なあんだ。わたしはがっくり来た。おとうさんも卑俗で汚れきっていたわけね。

「勉強しようとはしかけたんだが、いかんせん動機が不純だった。だからろくろく身が入らなかった。おまえは見込みがないとおふくろには言われたよ。占い師は、他人の運命を読むだけ。そういうものなのだそうだ」

「なるほどね」

わかるような、わからないような。

「ところで、おじいちゃんやおばあちゃんの占術って、どんなのだったの？」

「おやじはタロットカードが得意だったな。おふくろは水晶玉だ」

「何じゃそりゃ」

わたしはあきれた。

「タロットカードも水晶玉も西洋由来でしょう」

「そうだよな」

「安倍晴明、ぜんぜん関係ないじゃない」

「うちはいとこの血筋だと言っただろう。なにせ庶民派だから、そのあたりはおおらかなんだ。よく言えば、進取の気性に富んでいる」

それ、悪く言えば無節操ってことじゃないの？

思えば、こんなおとうさんを好きになったおかあさんも、だいぶへんだったのだろう。

おとうさんの力のおかげって、本当なのかな？

どんなきっかけで、どんななりゆきで、おとうさんとおかあさんは結婚したんだろう？

おかあさんに、訊いてみたかった。訊けばよかった。

おかあさんは、わたしが小学四年生のとき、亡くなった。

だから、おかあさんにはもう、なにも訊けない。

＊

二

おかあさんには、よく言われた。

「済んだことは済んだこと。思いきりなさい。前を向いて生きなさい」

だけど、わたしは思いきりが悪い子だった。いつまでも、ぐずぐずぐずぐず、うしろを振り返って、下を見ていじけて、動けない。

今も、だ。

どうして、あんなことを言ってしまったのだろう。

どうして、昨日までの毎日が、明日も続くと信じていられたのだろう。

どうして、もっといい子になれなかったのだろう？

ぐずぐず、ぐずぐず。

いじけている。

＊

午後七時半、店のシャッターを下ろす。閉店。

この家は、木造の三階建て。一階が店と厨房。二階がＬＤＫ。三階がおとうさんの部屋とわたしの部屋の二間。屋上のスペースに物干し場がある。

トイレとお風呂場は、一階の厨房の奥にある。階段は急だし、年々おじいちゃになっていくおとうさんにとって住みやすい環境ではない。

だけど、おとうさんには、引っ越しをするほど貯金はないし、そもそも引をする気もないだろう。

この家は、おかあさんの夢だったのだから。

午後八時過ぎ、お風呂に入る。

お風呂に入る前に、電話を見たら、またおとうさんからのメッセージが入っていた。

「ついに徳川《とくがわ》と改姓。

徳川家康《いえやす》となる」

現在、おとうさんは静養先で大長篇小説『徳川家康』を読んでいる真《ま》っ只中《ただなか》なのだ。褒めてつかわす、なんて、たまに戦国武将みたいな言葉遣いになるのは、そのせい。読みすすめたぶんだけ家康の人生実況レポートをわたしに送ってよこす。

「松平竹千代《まつだいらたけちよ》誕生」

にはじまって、

「竹千代、人質として今川氏《いまがわ》へ」

「元服。

次郎三郎元信《じろうさぶろうもとのぶ》と名乗る」

「妻を娶《めと》る。

齢上の奥さまだ。

尻に敷かれる予感」

「蔵人佐元康《くらんどのすけもとやす》と改名」

「桶狭間《おけはざま》の戦い。

逃げる。

信長《のぶなが》怖い」

「家康と改名」

いちいちメッセージが来る。正直、要《い》らん。

そりゃ、小学校の遠足で日光東照宮へはお詣《まい》りさせられたし、日本史でも徳川幕府のあたりは習ったけれど、わたしは徳川家康の人生に興味はない。

「これを読んでゆっくり躰を休めなさいね」

と、『徳川家康』全二十六巻を一式贈ったのはわたしだから、お返しのつもりなのだろうとは思うけれど。

正直、本当、要らん。

*

寒い朝だった。

「ひなた」

寝床から、ひどく弱々しい調子で、おとうさんがわたしを呼んだ。

「どうしたの」

わたしは、おとうさんの部屋に飛び込んだ。

「医者へ行った方がよさそうだ」

かすれ声で言うと、おとうさんは激しく咳《せ》き込んだ。

確かに、この年明けからずっと、おとうさんは風邪が治らなかった。しつこい咳《せき》が止まらずにいたのだ。

「大丈夫？」

「だいぶ熱があるらしい。立てない」

ちっとも大丈夫じゃなかった。わたしはうろたえた。

「救急車を呼ぶよ」

「いや、それよりは田代《たしろ》に連絡をしてくれ」

「田代さん？」

「高校時代の友だちだ。すぐそこのB町で内科医をやっているんだ」

おとうさんから連絡先を聞いて、わたしは田代医師《せんせい》を呼んだ。

風邪をこじらせて、肺炎になっていたのだ。おとうさんは、田代医師の紹介してくれた総合病院に入院することになった。

しみじみ、悟った。おとうさんは、もうおじいちゃんだ。疲れも溜まっていたのだろう。

「店は、しばらく閉めるしかないな」

おとうさんは眼をしょぼつかせながら、言った。

「仕方ない」

おとうさんは、やつれていた。四角い顎がいっそう尖って、眼の下の肉は落ち、もともと怖い顔がますます怖くなっていた。そうして、ひどくおじいちゃんに見えた。

毎日毎日、一緒に生活をしていたのに、なぜ、こうなるまで気がつかなかった?

わたしは、心の重みに押しつぶされそうだった。

絵が好きだった。それだけの理由で美術大学へ入って、絵を描いた。卒業してからは、就職もせず、D町の文房具店でアルバイトをし、たまに絵を描きながら、ぼんやりと生きていた。今年になって、おとうさんの体調があまりよくない日が続いたから、しょうがなく店先に立ったけれど、それまではほとんど手伝わなかった。むしろ、お店を手伝うのを避けていたのだ。

「わたしがやるよ」

わたしは、言っていた。

「やる。だから、おとうさんは安心して休んでいてください」

「できるのかね、おまえひとりで」

おとうさんは、思いきり不安そうだった。

「できるよ」

わたしは答えた。おかあさんが亡くなったあと、料理はおとうさんと一緒にいろいろ作った。からあげだってハンバーグだって、レシピは二人で作り上げて来たのだ。味ならおとうさんと同じに近いものが出せるはずだ。

「やれる」

事情を話してそれまでのアルバイトを辞め、わたしはおとうさんからお店を引き継いだのだった。

おとうさんは、一週間で退院した。しかし、しばらくは静養した方がいいと、田代医師から勧められた。

「若くないんだからね、お互いに」

そう言う田代医師は白髪ふさふさ豊かな頬はつやつやで、げっそりやせてしまったおとうさんより十歳くらい若く見えた。

「休みなさい」

「しかし、店があるからなあ」

おとうさんは、渋っていた。

「仕事を離れて、躰を休めた方がいい。動くのは構わないが、働くのはいけない」

「動くのも働くのも、さほど変わらないよ。おれは弁当屋だよ。厨房に立って料理をするだけだ。重労働じゃない。重いセメント袋を担いで階段を上り下りするわけじゃないんだからさ」

「いけない」

田代医師はきっぱりと却下した。

「動くだけ。働くのはいけない」

「にんべんがつくかつかないか。それだけじゃないか」

「そこが大きな違いなんだよ。にんべんがつくかつかないか。働いちゃいけない。張りきって動くだけ。動くのも、しばらくは息抜きの散歩程度にしておきなさい。十五分から二十分でいい。若くないんだよ。歩きすぎるんじゃないよ。十五分から二十分でいい。若くないんだよ」

懇々と諭されても、おとうさんはぶつぶつ反論していた。

「店がなあ」

田代医師が帰ったあとで、わたしも説得にまわった。

「もう少し休みなよ。おとうさんはおじいちゃんなんだよ」

「田代だっておじいちゃんだ。三人も孫がいる、正真正銘のおじいちゃんだ。が、毎日診療で忙しい。そのうえ週末はゴルフだ。働いているうえ動きまくっている」

おとうさんは、あくまで逆らった。

「働いたうえ十八ホールを楽しく歩きまわる田代と、働かないで十五分間ちまちま歩くおれ。同じおじいちゃんなのに、この差は何だ。どうしてだ？」

知らないよ。しかし、わたしは懸命におとうさんをねじ伏せるしかなかった。

「ちょっとだよ。ほんのちょっとのあいだ、辛抱して休めば、体調は戻るよ」

とにかくここで無理はしないで欲しい。その一心だった。

「本調子に戻りさえすれば、好きなだけ動きまくれるよ。何なら田代さんみたいにゴルフをはじめたら？　で、田代さんと一緒にゴルフコースを楽しく歩く」

「ゴルフなどやりたくない」

おとうさんは憤然とした。

「田代はうまいんだ。あいつの家にはゴルフ大会で獲《と》ったというトロフィーがたくさん飾ってある。ど素人のおれが田代と一緒に楽しく歩けるものか。あいつの後ろで『ナーイスショーット』なんて黄色い声を張り上げさせられるばかりになるだろう。で、おれは森や砂の中で自分が打ったボールをひたすら探す破目になる」

やたらと具体的だな。おとうさん、一回くらいは田代さんにつき合って行ったことがあるんじゃないかな、ゴルフ。

「わかったよ。ゴルフはやらないでいいよ」

って、そんなことはどうでもいい。

大事なのはゴルフの話じゃない。おとうさんの健康だ。

一時間余ののち、ようやくおとうさんは折れてくれた。

「じゃ、Q山へでも行くか」ひなびた温泉地なんだがね。大学時代の友だちの松本《まつもと》が宿屋をやっているんだ」

「行って来て、行って来て」

心底、わたしは安堵した。にしても、友だちが多いよね、おとうさん。

「ずいぶん昔、あんたがまだ生まれる前、おかあさんと一緒に行ったんだよ」

おとうさんはなつかしげに言った。

「いいところだった？」

「山のなかだ。松本の宿屋と温泉があった」

「それはわかった。いいところだったの？」

「山のなかだ。なにもなかった」

おとうさんの声はいささか暗くなる。

「朝起きて、めしを食って、温泉に浸《つ》かって、めしを食って、温泉に浸かって、めしを食って、夜寝る」

うわあ、つまらなそう。だが、わたしはあえて気がつかないふりをした。

「優雅だね」

「退屈きわまりなかった。しょうがないから松本に卓上ゲームのセットを借りて、おかあさんと二人、差し向かいで朝から晩までずっとオセロをやっていた。そうしたら、おかあさんはやたらと上達してしまってな。おれはまるで歯が立たなくなった。おかあさんのためにオセロの強化合宿に行ったようなものだった」

「Q山って、観光名所とかはないの？」

「ない。山と川と温泉。松本の宿とその他数軒の宿屋。それだけだ」

おとうさんは憮然《ぶぜん》としていた。

「また行っても、朝起きて、めしを食って、温泉に浸かって、めしを食って、夜寝る。その繰り返しだろうなあ。そのうえ、今回はおかあさんがいないから、オセロで負けることもできない」

「松本さんとオセロをやったら？」

おとうさんは沈んだ声で返した。

「おれにとっては弱化合宿だったからな。負ける気しかしない。おまけに松本は昔からじゃんけんですら勝った負けたで熱くなるほど勝負ごとにはむきになるやつ。勝ち誇って高笑いしやがるに決まっている。よけい体調が悪くなりそうだ」

わたしは内心、嘆息した。まったくもう、いろいろめんどうくさいな、このおやじ。

「本でも読めばいいじゃない。仕事を引退したら、読書三昧の生活がしたいって、いつか言っていたでしょう」

「そうだ、本だ」

苦しまぎれの提案だったのだけれど、当たり。おとうさんは眼を輝かせた。

「大長篇大河小説を読破することに憧れていてな。とびきり長ーい本が読みたいんだ。『大菩薩峠』とか『戦争と平和』とかがいい」

「大長篇で大河って、どのくらい長いの？」

「『戦争と平和』は、文庫本で四巻」

「うわあ」

「『大菩薩峠』は、十八巻はあったな」

「うわあ。漫画じゃなくて小説でしょ？　文字だけでしょ？」

「文字だけ。しかも頁《ページ》全面、上から下までぎっしりだ」

「うわあ」

わたしには苦行としか思えないが、おとうさんは嬉しそうだった。

「わかった」

わたしは頷いてみせた。

「長い長ーい小説を読めればいいんだね」

二日後、わたしは、おとうさんに『徳川家康』二十六巻を贈ったのだった。

「読み終わるまで帰って来ないでいいからね」

とも伝えた。

「考えやがったな」

おとうさんは、うめいていた。

＊

午後八時過ぎ。

とにかく今、おとうさんは長ーーい小説を楽しんでいるようだ。返信はしないで、お風呂に入ることにした。

＊

ケーキ屋さんを経営するのが、おかあさんの夢だった。

「小さいお店でいいの」

嬉しそうに語るのを、幼いわたしは何度も何度も、繰り返し聞いていたものだ。

「シュークリームとかプリンとか、カスタードクリームパイとか、大好きなお菓子ばかりショーケースに並べるの」

「おいしそう」

バニラの香りと、カスタードクリーム色でいっぱいのショーケースを、わたしは想像した。

「おいしそうでしょう?」

おかあさんは、話しているだけでしあわせに見えた。

「おいしいのよ」

「いいなあ」

「おいしいうえ、食べても食べてもふとらないの」

「いいのかなあ」

そのあたりは、子供だったわたしにはよくわからなかった。大人になった現在ならよく理解できるけれどね。おかあさんは、わりにぽっちゃりしていた。アルバムを見ても、結婚前はすんなりしていたのに、結婚後は年々ふくふくしていっていたようだ。そして、お菓子を食べるのは大好きだった。冷蔵庫の中にはいつも「おとうさんがおみやげに買ってきてくれたシュークリーム」や「おとうさんがおみやげに買ってきてくれたワッフル」が入っていて、おやつの時間は必ずおかあさんと一緒に食べた。女心として、いろいろ悩みも葛藤もあったのだろうな。

「夢だけどね」

言って、小さく息をついて、おかあさんは笑っていた。

だけど、おとうさんにとって、おかあさんの夢は夢じゃなかった。

ある日、いきなり、おかあさんの夢は動き出したのだという。

「山岡《やまおか》に相談をしたよ」

「山岡さん？」

「不動産屋で働いていたときの友だちだ」

おとうさんは、タクシーの運転手になる前に、さまざまな職業についていたらしい。そして、やはりどこでも友だちコネクションを作る。

「いい物件が見つかった。一階は店舗で二階と三階が住まいになっているそうだ。もとは製造も兼ねた和菓子屋だったから、厨房もある。見に行ってみないか？」

それが、つまり、わたしとおとうさんが住んでいる、現在のこの家だ。

「ケーキ屋さんの夢、おとうさんには話したことはなかったのよ」

おかあさんは、後になって、わたしに教えてくれた。

「おとうさんは、私の望むものは、何でもわかってしまう。すごい力を持ったひとだと思わない？」

きらきらした眼で、おかあさんは言った。

わたしたち一家は、この家に引っ越しをして来た。小学校三年生の三学期だった。

それまで通っていた小学校からは離れてしまったけれど、転校はしないで電車通学をすることになった。

四年生に進級した四月、一階の改装工事がはじまった。五月半ばには完成して、七月一日には開店できる予定だった。

そのはずだった。

だけど、おかあさんは、けっきょくお店を開けなかった。

*

午後九時。

お風呂から上がったら、おとうさんから新しいメッセージが届いていた。

「せっかく徳川になったのに、既読スルー。家康、泣きそう」

ああもう、めんどうくさいな、この征夷大将軍《せいいたいしょうぐん》。


どうして、あんなことを言ってしまったのだろう。

どうして、昨日までの毎日が、明日も続くと信じていられたのだろう。

どうして、もっといい子になれなかったのだろう?

三

＊

ポイントカードのことを思いついたのは、おとうさんの入院後、はじめてひとりで店を開けた日だった。

「おかかと焼き鮭、くださ い」

と、「おにぎり二個さん」が買いに来たとき、だったかな。

「からあげ弁当ください」

いや「からあげさん」のときだったかも。

「今日は、ご主人はいらっしゃらないんですか」

それとも、おとうさんのことを気にかけてくれた「のり弁お嬢さん」のときだったろうか。

とにかく、お金を受け取って、お釣りを渡したとき、みんながみんな、物足りない顔をしているのに、わたしは気がついたのだ。

なにか、ご不満なんだろうか。

腕組みをして、頭をひねって、首を傾げて、考えた。そして、厨房の片隅に置いてあったそうめんの空き箱を見たとき、ひらめいた。

お中元。

贈りもの。

おとうさんが輪ゴム入れとして使っている、小林さんのお中元の空き箱。

贈りもの、か。

ポイントカードを作ってみたらどうだろう。

おとうさんにメッセージを送って、相談してみた。

「お客さん、帰りぎわ、

ちょっとご不満そう」

おとうさんからは、すぐに返信があった。

「おれのギャグが聞けないからだろう」

それは無視して、提案してみた。

「ポイントカードを導入するの、どうかな？」

「ポイントが貯まったら、特典は？」

「ワンドリンク」

「うちの売れない水とお茶か。魅力なし」

そうは言うけどね。わたしはあきれた。仕入れているのはおとうさんなのだ。もっと人気のある別のメーカーの水やお茶に切り替えよう、と提案したことだってあるのだが、おとうさんは渋い顔で言ったじゃないか。

しかしなあ、この水やお茶、製造元の社長はおれの友だちの小林なんだ。売ってやらないわけにはいかんだろう。

そう、お中元のそうめんを送ってくれた小林さんだ。友だちが多いのも考えものだよ、まったく。

「もちろん、おまけもつけたい」

言うまでもなく、その方がメインなのだ。

「おまけ？

おれの顔写真でも配る気か」

わたしは、それも無視した。

「お客さんがもらって、嬉しいもの。何だろうね」

「おれの顔写真だろう」

しつこいな、このおやじ。

「みんなが喜ぶものなんて、あるかな」

「ない。

みんな違うよ」

おとうさんの返信を読んだとき、わたしはまたひらめいた。

みんな違う。
みんな、それぞれ、違うものを取り返したがっているんじゃなかろうか。
「だから、みんな、違うものをおまけにする。
取り返したいものを」
自分でもうまく説明できない直感だったけれど、おとうさんには、それで通じた。
「ひなたにはわかるのか、
それが？」
「今はまだわからない」
けど、ポイントが貯まってくれば、わかる。
そんな気がする。
「それ。
ひなたの力なのかもしれないな」
「力、かな？」
「ひなたの力が足りなければ、
魅力のないワンドリンクのみだ」
おとうさんは厭な重圧をかけて来た。

「任せる」

わたしは、カードのデザインをして、印刷をした。そういう作業は好きなのだ。夜通し作業をした。

おかあさんが選んだ、お店の庇と同じ、クリーム色の紙で作った、はじめてのポイントカードは「タクシーさん」に渡した。

よく来るお客さん、「タクシーさん」。

自分でもわかっている。わたしはあまり愛想のいい店員ではない。いらっしゃいませ、おつりです、ありがとうございます、以外、お客さんとはほとんど喋ることもない。

もともと、ひと見知りする性格なせいだろうか。歓迎の気持ちも、感謝の想いもあるのだが、表情にうまく出せないのである。

そんなわたしに、しきりに話しかけてくれるのは「タクシーさん」ぐらいだった。おはようございます。今日はいいお天気ですね。昨夜はJ球場前でナイター帰りのお客さんを乗せましたよ。ひいきのチームが勝ったみたいで、いいご機嫌で大奮発する気になってくれたのかな。ひさびさにけっこうな長距離でした。チップまでくれました。うはうはですよ。お客さまは神さまですって言いたくなったの、はじめてです。おまえは地獄の三丁目から来たのかよって問いつめたくなるような、へんなお客の方が多いですからね。ところで野球は好きですか？　ああ、好きじゃない？　サッカーは好きですか？　好きじゃない？　集団競技は興味ないですか。じゃあ、すもうは好きですか？

おはようございます。今日は雨ですね。昨夜はHホテルから二人連れのお客さんを乗せたんですがね。ええ、四十代くらいの男女。車中で喧嘩をはじめましてね。会話の中身からすると、夫婦じゃなかったですね。とてもいけない関係みたいでした、ええ。最初に指定された行き先の半分くらいで女性の方が降りてしまいました。その後、しばらく走ったところで男性も降りました。仕方ないのでもと来た方向に引き返そうとしたら、その二人が路肩に立ってタクシー待ちをしているのが見えましてね。わあ、いやがる、まいったなと思いました。商売ですからまた乗せましたよ。行く先はHホテルでした。で、車中でまた喧嘩をはじめまして。今度は有無を言わさずホテルの正面に自動車をつけて降ろして来ちゃいましたが、なにをしているんでしょうね、あのひとたち。おれに稼がせてくれただけなのかな。ひょっとして神さまだったんですかね。いけない関係の、へんな神さまですね。

「タクシーさん」は、商売柄か、とにかくいろんな話をしてくれる。むっつりと不愛想なわたしと会話をしようとしてくれているのだ。おとうさんと違って友だちも多くない、生来ひと好きでもないわたしである。これがほかのお客さんであったなら、うるさく感じたかもしれない。けれど、なぜだか、「タクシーさん」は不快じゃなかった。ついつい釣り込まれて、なにかと会話をしてしまうようになった。

が、その朝の「タクシーさん」は、あまり顔色がよくなかった。いつもみたいに元気でもなかった。疲れきっていたのだろう。地獄の三丁目から来たようなお客さんを乗せてしまったのかもしれない。

大丈夫かな。

「いつもありがとうございます。お店のポイントカードです。お使いください」

だからこそ、かえって思いきって渡すことができた。しがないお店のあやふやなポイントカードの一枚め。けど、少しでも元気づけになればいいな。「タクシーさん」は、ちょっと戸惑ったみたいだったけれど、すぐに笑顔になってくれた。

「なにかもらえるんですか」

ワンドリンク、は言わない方が無難だろうな。

今日の自信作はどれですか？

と、来るたびに違うお弁当を選んでくれる「タクシーさん」でさえ、うちの店で水もお茶も買ってくれないのだ。がっかりさせちゃいけない。

なによりおとうさんの言う「力」が本当にあるものか、わたし自身にも確信はない。

だけど、ポイントカードは作ってしまったんだし、たった今、渡してしまった。信じて、賭けてみるしかないんだ。

「はい」

わたしは言って、笑ってみせた。

悪役みたいな笑い方になっちゃったけど、どうにか笑えた。

四

五月の朝。

夜通し降っていた雨は、早朝の仕込みを終えたころにはやんでいた。

ショーケースに商品を並べて、店のシャッターを開けた。

くちなしの香り。

直後、「タクシーさん」が店に飛び込んできた。

え、どうして?

わたしはどきりとした。

今朝、来ちゃったの?

ポイントがいっぱいになっても、おまけ箱は空っぽ。

ああ、もう、どうしよう。

頭をかきむしりたくなる。いちばん「おまけ」を渡したかったお客さんに渡せないなんて、わたしの「力」め。しょせんはこんなものか。

「いらっしゃいませ」

内心の動揺を押し殺しつつ、言った。

どうして今朝、いらっしゃっちゃったんだよう。

「お、お、おはようございます」

返って来たのは、歯の根が合わぬ震え声。「タクシーさん」の顔色はひどく悪い。

いつかポイントカードを渡した日も顔色は悪かったけど、あの日はどんより鉛色に曇っていた。今朝はまるで紙みたいに血の気がない。

「どうかしたんですか」

気分が悪いのかな。

「顔の色が真っ青ですよ。大丈夫ですか」

「だ、大丈夫じゃないんです」

深刻な顔つきの「タクシーさん」。

なにがあったのだろう。どうしたらいいだろう。

「声がかすれていますよ。なにか飲んだ方がよさそう」

そうだ。魅力のないワンドリンクでも、今は必要なんじゃないか。

「お客さん、ポイントカード、そろそろいっぱいでしたよね」

わたしは冷蔵ケースを指さした。

「ポイントが貯まったら、お水かお茶を一本、差し上げているんです。どうぞ、お好きなのをお取りください」

それを聞いた瞬間「タクシーさん」の顔に安堵がひろがった。

「水をもらいます。水をください」

お水やお茶を勧めてよろこんでくれたのは、このひとがはじめてだ。わたしは嬉しかった。「タクシーさん」はペットボトルの天然水を取り出し、またたく間に飲みほした。どれだけ咽喉が渇いていたのだろう。

「うまかった」

「タクシーさん」は陶然と呟いた。

「よかったです」

きっと、製造元の小林さんも喜ぶだろう。

「聞いてください」

息をついて、「タクシーさん」はわたしの顔を真正面から見据えた。

「聞いてくれますか?」

否やは言えない雰囲気。わたしは気を呑まれて頷くしかなかった。

「おれねえ、霊感あるみたいなんですよ。信じますか」

霊感?

「たった今、そこまで、ゆ、幽霊を乗せてきちゃったんです」

「幽霊、ですか?」

＊

霊感？

「力」があるなら、そっちの方がよかった。

ずいぶん前、おとうさんに、言ったことがある。

「おとうさんもわたしも、陰陽師の末裔なんでしょう？」

「正確には陰陽師のいとこだ。母方のな」

「きつね」

「そう、片栗の葉」

「わたしたち、霊感はないの？　死んだひとに会えたりはしないの？」

おかあさんを亡くして、一年が過ぎたころだったと思う。

おとうさんとわたし、二人だけの生活。食事を作るのも、掃除も洗濯も、おとうさんの役目になって、わたしはそれを手伝う。その暮らしにもなじんで来ていた。もともとだいぶおじさんになるまで独身だったおとうさんは、家事全般に慣れていたから、その面において苦労はなかった。

支障なく、当たり前のように続く毎日。

おかあさんがいない毎日。

「霊感が欲しい」

わたしは言った。

「わたしにも『力』があるなら、霊感が欲しい」

「おれにも『力』はあるが、霊感はまったくないんだな」

「『力』があるなら、そっちの方がよかった。それでこそ超自然の能力だもの」

言いつのりながら、わたしは怒った口調になっていた。

「霊感がないなんて、意味がない。吉津家の『力』なんてやっぱりパチモンだ」

「パチモンと言うな」

おとうさんも、怒ったような言い方をした。

「霊感なんてなくてもいいんだ」

「欲しい」

わたしは駄々っ子みたいに口を尖らせた。

「霊感なんてあってみろ。そこらじゅうに幽霊がふらふら浮いているのが見えちゃうんだぞ」

「おもしろいじゃない」

「そこにもいる」

おとうさんは窓辺を指さした。

「そこにもいる。ここにもいる」

天井を指さし、ドアを指さした。

「にぎやかでいい」

わたしは負けじと声を張り上げた。

「トイレにもついて来るぞ」

わたしは黙った。それは厭だ。

「霊感よりもっと必要な力がある」

おとうさんは、嚙んで含めるように言った。

「ひなたにも、ある。間違いない」

「霊感の方がいい」

トイレについて来られるのは厭だったけれど、わたしはぐじぐじと未練がましく繰り返した。

「霊感があったら、この家で寝られなくなるぞ」

　おとうさんの声がいくぶん低くなった。

「どういう意味？」

「この家は、安かった。ローンを組まなくても、おとうさんの貯金でじゅうぶんに買えたくらい、安かった。東京都内で、商業地で、その価格。通常ならばあり得ない価格だった」

「おとうさん、不動産屋のお友だちに紹介されたんでしょう」

　背筋にひんやりするものを感じながら、わたしは言った。

「山岡な」

　おとうさんは、厳粛な面持ちで頷いてみせた。

「山岡からは、いろいろ事情も聞いていた」

「どんな事情？」

「聞かない方がよかろう。ただ、売り家が安くなった。その意味をよく考えてみるといい」

　ぞわり。

　わたしの肌がはっきりと粟立《あわだ》った。

「ひとが変死したり、殺されたりした家なんか、都会にはざらにある。知らなければいいだけだ」

知りたい。

けど、知りたくない。わたしは口を閉ざすしかなかった。

「どうだ、霊感なんか要らないだろう」

わたしは首を縦にも横にも振らなかった。

「困ったやつだな。まだ霊感が欲しいのか」

おとうさんは、溜息をついた。

「死んだひとに、会いたいのか」

「会いたい」

誰に、とは、おとうさんは訊かなかった。訊くまでもなかった。

「おれもだ」

ぼそり、と呟いた。

それ以来、霊感については、深く考えないようにした。

とくにお風呂やトイレに入っているときは。

＊

「女のひとの幽霊でした」

話しながら、「タクシーさん」の頬にはようやく生気が戻ってきている。

「よく聞くでしょう、タクシー幽霊の話？」

聞いたことはある。雨の中、タクシーに乗り込む女性客。運転手が「お客さん、着きましたよ」と後部座席を振り返るといなくなっている、という話。

「まさか自分が当事者になるとは思いませんでした」

「その女のひとの幽霊、行く先はどこだと言ったんですか？」

「K町三丁目です」

わたしは頷いた。

「ここですね」

「坂の上ですか、下ですかと訊ねたら、下だと」

わたしはまた頷いた。

「ここですね」

「で、おれが『お弁当屋さんのあたりですね』って言ったら、そうだと」

「その幽霊さん、うちの店に来たんですか」

「そうみたいですね」

うわあ、いやだなあ。

顔が歪むのが自分でもわかる。「タクシーさん」が慌てたように言った。

「いい気持ちはしないですよね。ごめんなさい。でも、言わないよりは言った方がいいかと思ったんです。だって、知ってさえいれば対処はできるでしょう?」

「対処」わたしは途方に暮れた気分になる。「どう対処しましょう?」

「陰陽師に言って悪霊退散のまじないをかけるとか」

「陰陽師」

わたしはますます途方に暮れた。

末裔はここにいるけれど、霊感がないんだよなあ。

「その幽霊さんですが、今まで、何度も何度も帰って来ようとした、って言っていました。運転手がいつも迷ってしまう。迷っているうちに時間が切れて、たどり着けなくなってしまう。その繰り返しだったと」

「帰って来る?」

わたしの胸がざわめいた。

「それから、カスタードの娘に伝えてくれ、って、伝言をされたんです。カスタードって何ですかね」

「このお店です」

自分の声が遠かった。

「え？」

「このお店、カスタードって名前なんですよ」

＊

小学四年生のときだ。

五月の雨の夜。

次の日は、わたしの遠足だった。

「ごめんなさい、いちごを買い忘れちゃった」

夜ごはんを食べ終えて、リビングルームでＴＶを観《み》ていたとき、おかあさんがわたしに言った。

「明日のお弁当のデザート、缶詰のさくらんぼじゃいけない？」

「駄目だよ」

わたしは突っぱねた。

「デザートはいちご。約束したじゃない」

ＴＶの画面から眼も離さず、言い張った。

「おかあさん、ちゃんと約束したじゃない」

「ごめん」

「いちごじゃないなら、お弁当も要らないよ」

わたしは、ふだんはそんなにわがままは言わない子だった、と思う。缶詰のさくらんぼだって、大好きだったのだ。

だけどその日は、違った。腹を立てて、こじれた。

その時期、おかあさんはお店の開店準備に夢中だった。わたしが話しかけても、返事はいつも上の空だった。

わたしを忘れて、お店のことばかり考えているおかあさん。

寂しかったのだ。だから、そんな小さな約束にこだわった。

「しょうがないねえ」

おかあさんは、困りきった声だった。

「まだ、スーパーマーケットは開いているわよね」

わたしはTVを観たまま答えた。

「九時前だよ」

近くのスーパーマーケットの閉店時間は九時。一時間もののクイズ番組は終わりに近づいていて、画面はCMに切り替わったけれど、わたしは振り返らなかった。

「じゃ、ちょっとひとっ走り、行ってきますか。間に合うといいけど」

おかあさんは、リビングルームのドアをがちゃりと開けた。

わたしは、おかあさんの姿を見なかった。

みしみし、階段を下りる音。

わたしは背中で聞いていた。おかあさんの姿は見ようともしなかった。

生きているおかあさんの気配と音。

それが最後だった。

雨の夜。

スーパーマーケットに向かったおかあさんは、信号が青になるのを待ちきれず、横断歩道に走り出た。そして、赤信号を突っきって爆走して来たトラックにはねられた。

むろん、おかあさんだって、わたしのわがままを聞いてくれないときはあった。

「お弁当が要らないなら、いい。そうしなさい」

突き放して、わたしを抛《ほう》っておくことだってできた。そうしたってよかった。どうせ、次の日の朝になれば、突っ張りきれずにお弁当は持っていくのだ。ふてくされているわたしなんか、抛っておけばよかった。

それなのに、あの夜、おかあさんは立ち上がったのだ。

「じゃ、ちょっとひとっ走り、行ってきますか」

どうして、あの夜に限って、そういうことになってしまったのだろう。

どうして、あんなことを言ってしまったのだろう。

どうして、昨日までの毎日が、明日も続くと信じていられたのだろう。

どうして、もっといい子になれなかったのだろう?

五月の雨の夜だった。

わたしは、五月も、夜の雨も嫌いになった。

五月にも、夜の雨にも、罪はないのに。

＊

「カスタード?」

あっけに取られた様子で「タクシーさん」が呟いた。

「お弁当屋さんなのに、カスタード?」

「そうですよ」

ポイントカードにも印刷してあります。てか、今まで来ていて知らなかったのかい。まあ、でも、わたしも「タクシーさん」の名前を知らないものなあ。

「最初は、洋菓子屋の予定だったんです。シュークリームやプリンが中心のお店だから、カスタード」

おかあさんが、そう名付けた。カスタードクリームに眼がなかったから。

「幽霊さんもそう言っていました。シュークリームやプリンが大好きなので、そのお店を開くつもりだったと」

その幽霊は、おかあさん、だ。

間違いない。

わたしの胸が詰まった。

おかあさん、帰ってきたの？

帰ってきて、くれたの？

＊

おかあさんが死んで、三年が過ぎたころ。

「店をはじめよう」

おとうさんは、急に言い出した。

「シュークリームを作るの？」

わたしはびっくりした。三年のあいだ、カスタードクリーム色の壁と、白いPタイルの床、ケーキのショーケースが置かれているお店は、埃《ほこり》をかぶったままだった。

「いや、弁当屋だ」

「お弁当？」

わたしはさらにびっくりした。

「どうして？」

洋菓子とかけ離れすぎていて、わけがわからんではないか。

「夢をみた。おかあさんの夢だ」

おとうさんは、厳粛な面持ちで言った。

「おかあさんが、おれに向かってしきりに言うんだよ。お弁当を作らなきゃ、お弁当を作るんだ、ってな」

「へんな夢だね」

言いながら、わたしの胸はちくりと疼いた。

お弁当。けっきょく、あの遠足へは行かなかった。おかあさんのお弁当は、永遠に食べられなくなった。

「おかあさんは、弁当を作りたがっている。だから、おれが代わりに作るんだよ」

「ちょっと待ってよ」

わたしは突っ込んだ。

「それって、単なる夢なんでしょう」

「何度もみたんだ」

おとうさんは大真面目だった。

「一度や二度じゃない。霊夢に違いない」

「霊感はなかったんじゃないの？」

おとうさんは聞こえないふりをした。

それから、おとうさんはタクシーの会社を辞めて、お弁当屋の主人になった。外も内装も、名前も、おかあさんが開こうとしていたお店のままだった。

『カスタード』だけど、売るのはおとうさんの作るお弁当。

ぽつりぽつりとお客さんがついて、おとうさんはけっこう忙しくなった。朝は七時から夜の七時までが営業時間。売り切れたらシャッターを下ろす。土日は定休日だけれど、午前中は買い出しに出かけ、午後はお惣菜作りに追われて厨房から出てこない。

わたしは、お店をほとんど手伝わなかった。

「お店の調子、どう？」

他人ごとみたいに、訊ねるばかりだった。

「経営ってのは、楽じゃないな」

おとうさんも、手伝えとは言わなかった。

「作れる量は限られているし、ロスは出したくない。薄利多売には限界があるんだが、値段を上げればコンビニエンス・ストアや大手には勝てないしな」

経営者としての苦労を渋く語るのみで、わたしに助けは求めない。

「ただ、うちは固定客が決まった弁当やおにぎりを買い続けてくれるからな。数は読みやすいんだ。うまいこと売り切れてくれてロスは少ない」

おかあさんの代わりに厨房や店先に立って、おかあさんの代わりにお弁当を作って売っている。おとうさんは充実していたのだろう。

わたしは違う。わたしの夢に出てきてくれるおかあさんは、思い出の続きでしかない。

お店にいれば、考えてしまう。カスタードクリームの香りに包まれた、おかあさんの夢のお店。夢のままで終わってしまった場所。

どうして、あんなことを言ってしまったのだろう。

どうして、昨日までの毎日が、明日も続くと信じていられたのだろう。

どうして、もっといい子になれなかったのだろう？

ぐるぐる、ぐるぐる、考えて。

わたしは、そこから一歩も動けない。動けなかった。

おとうさんが倒れなければ、その状態はずうっと続いていただろう。

＊

「幽霊さんは、こう伝言しました」

「タクシーさん」は、言った。

「あなたは悪くない。少しも悪くない。前を向いて生きなさい。そう言っていたと、娘に伝えてくれ、と」

おかあさん、が。

「そう言ったんですか」

「はい」

何てことだろう。

たった今、わたしは、お客さんから、「タクシーさん」から、「おまけ」をもらった。それも、とんでもなく大事な「おまけ」。

わたしの、取り返したかった、もの。

「どうしたんですか」

「タクシーさん」はうろたえた。

「おれ、あなたにそんな顔をさせるつもりじゃなかったんです」

「泣きそう」

口に出した瞬間、ぼろぼろと涙があふれた。止まらなかった。

「泣かないでください。弱ったな」

「嬉し泣きです。泣きやんだら笑います」

そう、きっと、これまでにないほど、すがすがしい気持ちで笑えるはず。

「よかった」

「タクシーさん」は、ほっとしたようだった。

「おれはただ、あなたが笑ってくれればいいんです。いつか、あなたに訊かれたでしょう、後悔することはないのかって？　あなたを笑わせられなかったら、後悔します。それは間違いない」

ああ。

わたしは、悟った。

おまけ箱は空っぽ。

でも、「タクシーさん」にも、わたしは「おまけ」を渡すことができるんだ。たぶん、これから数分後、涙が止まって、心の底から笑えたとき。

「タクシーさん」の気持ちと、わたしの気持ち。

「わかりました。ありがとうございます」

泣きやんだら、笑います。

それから、名前を訊きますからね。

待っていて。

おかあさんにおとうさんが及ぼした「力」。

おかあさんに、直接は訊けなかったけれど、それも今、わかった気がする。

片栗の葉さんから伝わった力じゃない、誰しも持っていて、誰にでも起こる「力」。

ひょっとしたら、おかあさんは、そのこともわたしに伝えにきてくれたのかな。

＊

「自信を持ちなさい。

それが、あんたの力なんだ」

あとがき

大通りから外れた、細い道。

坂の下に、そのお店はあります。ガラスの庇《ひさし》に、ガラス扉。白い床とガラスのショーケース。どう見てもケーキ屋さん。でも、ショーケースに並べられているのはお弁当とおにぎり。ほんのり漂うのは海苔《のり》と醤油《しょうゆ》の香り。お店の奥から「いらっしゃいませ」と声をかけて来るのは、怖い顔をしたおじいさんと、あまり笑顔を見せない若い女の子。

変わったお弁当屋さんだな。おいしいのかな。

小さなお店だけど、けっこう長いこと、ここで営業をしているよね。お客さんも入っていく。若い男性も、中年のおじさんも、学生らしい男の子や女の子も、おじいさんやおばあさんも、入っていく。

そして、ちょっと嬉しそうに、お店から出て来るんだ。

おいしいのかな。気になるな。一度買ってみたいな。

そう思いながら、わたしはいつも、坂を上がって行きます。

よく晴れた日も、激しい雨の日も、茹《ゆ》だるように暑い日も、凍《こご》えるほど寒い日も。

そのお店はガラス扉を半開きにして、ショーケースにお弁当を並べています。

おじいさんは怖い顔で、若い女の子は笑いもせず、店の奥から視線を送ってきます。

今日も通り過ぎるだけですか？　いつもちょっと覗《のぞ》いていきますよね？　気になっているんでしょう？　そろそろうちのお店のお弁当を食べてみませんか？

ハンバーグ弁当はどうですか。焼き肉弁当もありますよ。からあげ弁当も、のり弁当もおいしいですよ。おにぎりも人気があるんです。具はおかか、焼き鮭、昆布の佃煮《つくだに》、たらこ、梅干し。

はい、変わったメニューはなにもないかもしれません。でも、懐かしくなりませんか。遠い昔に食べたことのある、あの味ですよ。

遠足のとき、運動会のとき、川べりで遊んだとき、思い出しませんか？

ほら、ちょっぴりおなかが空《す》いてきたでしょう？

勇気、というほど大げさな一歩ではない。

それでも、なかなか踏ん切りはつかないものですよね。

毎日毎日の、決まりきった生活、同じように繰り返される日常。もちろん、それは大事な繰り返し。かけがえのない大切な「毎日」。

でも、心のどこかで、このままではいけないな、と考えてはいませんか？

すべてじゃない。少しだけ変えてみたい。変えられれば、もっと楽になるんじゃないか。過ごしやすくなるんじゃないか。ほんのちょっぴりでいい。変えてみる。

その一歩が、どうしても踏み出せない。

どこへ向かえばいい？　どうすればいい？

「はじめてのお店に入ってみる」ということも、そのきっかけになるかもしれません。


さあ、思いきって、このお店に入ってみてください。

きっと、おいしい、と感じていただけるはず、です。

大きな変化も、奇跡も起こらないかもしれません。

ただ、胸につかえた苦い思いや悲しみが、わずかでも軽くなってくれたら、いいな。

それだけが、『カスタード』の娘と、作者の喜びです。

加藤　元

本書は書き下ろしです。

本作品はフィクションです。実在の個人、団体とは一切関係ありません。（編集部）

実業之日本社文庫　好評既刊

伊坂幸太郎
フーガはユーガ
優我はファミレスで一人の男に語り出す。双子の弟・風我のこと、幸せでなかった子供時代のこと、「アレ」のこと。本屋大賞ノミネート作品！（解説・瀧井朝世）
い12 2

北川恵海
真夜中のメンター　死を忘れるなかれ
彼の肩書はメンター。自殺志願少年、足を引っ張りたい女など、客の相談を聞き、解決に乗り出すが……。すべての悩める人に贈る、人生応援ストーリー！
き6 1

倉阪鬼一郎
24時間走の幻影
24時間耐久マラソンレース。真夜中になるとコースに怪しさが漂いはじめ、そこに現れたのは……。本格ランナーの著者が描く、不思議で切ない感動ストーリー。
く4 10

小鳥居ほたる
あなたは世界に愛されている
不器用な娘と母は、時を超え、かりそめの姉妹になった。それは運命のいたずらか、それとも愛の奇跡か？　切ない想いが突き刺さり号泣必至、あたたかい絆の物語。
こ7 1

今野　敏
臨界　潜入捜査〈新装版〉
原発で起こった死亡事故。所轄省庁や電力会社は、暴力団を使って隠蔽を図る。元刑事が拳ひとつで環境犯罪に立ち向かう熱きシリーズ第5弾！（解説・関口苑生）
こ2 18

沢里裕二
処女総理
中林美香、37歳。記者から転身した1回生議員。彼女のもとにトラブルが押し寄せる。警護するのはSP真木洋子。前代未聞のポリティカル・セクシー小説！
さ3 15

文日実
庫本業
社之 か101

カスタード

2021年12月15日　初版第1刷発行

著　者　加藤《かとう》 元《げん》

発行者　岩野裕一
発行所　株式会社実業之日本社
〒107-0062　東京都港区南青山5-4-30
emergence aoyama complex 2F
電話［編集］03(6809)0473［販売］03(6809)0495
ホームページ　https://www.j-n.co.jp/
DTP　ラッシュ
印刷所　大日本印刷株式会社
製本所　大日本印刷株式会社

フォーマットデザイン　鈴木正道（Suzuki Design）

ISBN978-4-408-55702-1（第二文芸）